TRABALHAR CANSA

CESARE PAVESE

Trabalhar cansa

Tradução e introdução
Maurício Santana Dias

COMPANHIA DAS LETRAS

Copyright © 1943 by Cesare Pavese

Grafia atualizada segundo o Acordo Ortográfico da Língua Portuguesa de 1990, que entrou em vigor no Brasil em 2009.

Título original
Lavorare stanca

Capa
Victor Burton

Foto de capa
Age Fotostock/ Easypix Brasil

Crédito das imagens
pp. 21, 24, 49, 50, 55 e 71: Archivio Fondazione Cesare Pavese
p. 43: Archivio Effigie

Preparação
Leny Cordeiro

Revisão
Jaqueline Martinho dos Santos
Clara Diament

Dados Internacionais de Catalogação na Publicação (CIP)
(Câmara Brasileira do Livro, SP, Brasil)

Pavese, Cesare, 1908-1950
    Trabalhar cansa / Cesare Pavese ; tradução e introdução de
Maurício Santana Dias. — 1ª ed. — São Paulo : Companhia das
Letras, 2022.

    Título original: Lavorare stanca.
    ISBN 978-65-5921-244-6

    1. Pavese, Cesare – Crítica e interpretação.   2. Poesia italiana
I. Título.

20-90033   CDD-851

    Índice para catálogo sistemático:
    1. Poesia : Literatura italiana 851

    Maria Alice Ferreira – Bibliotecária – CRB-8/7964

[2022]
Todos os direitos desta edição reservados à
EDITORA SCHWARCZ S.A.
Rua Bandeira Paulista, 702, cj. 32
04532-002 — São Paulo — SP
Telefone: (11) 3707-3500
www.companhiadasletras.com.br
www.blogdacompanhia.com.br
facebook.com/companhiadasletras
instagram.com/companhiadasletras
twitter.com/cialetras

Sumário

Nota a esta edição 11

A *oficina irritada* de Cesare Pavese
— Maurício Santana Dias 13

TRABALHAR CANSA
LAVORARE STANCA

ANTEPASSADOS
ANTENATI

Os mares do Sul
I mari del Sud 78

Antepassados
Antenati 86

Paisagem I
Paesaggio I 90

Gente desenraizada
Gente spaesata 94

O deus-cabrão
Il dio-caprone 96

Paisagem II
Paesaggio II 100

O filho da viúva
Il figlio della vedova 104

Lua de agosto
Luna d'agosto 108

Gente que esteve lá
Gente che c'è stata 112

Paisagem III
Paesaggio III 116
A noite
La notte 118

DEPOIS
DOPO

Encontro
Incontro 122
Mania de solidão
Mania di solitudine 124
Revelação
Rivelazione 128
Manhã
Mattino 130
Verão
Estate 132
Noturno
Notturno 134
Agonia
Agonia 136
Paisagem VII
Paesaggio VII 140
Mulheres apaixonadas
Donne appassionate 142
Terras queimadas
Terre bruciate 146
Tolerância
Tolleranza 150
A puta camponesa
La puttana contadina 154
Pensamentos de Deola
Pensieri di Deola 158

Dois cigarros
Due sigarette 162
Depois
Dopo 166

CIDADE NO CAMPO

CITTÀ IN CAMPAGNA

O tempo passa
Il tempo passa 172
Gente que não entende
Gente che non capisce 176
Casa em construção
Casa in costruzione 180
Cidade no campo
Città in campagna 184
Atavismo
Atavismo 188
Aventuras
Avventure 192
Civilização antiga
Civiltà antica 196
Ulisses
Ulisse 200
Disciplina
Disciplina 204
Paisagem v
Paesaggio V 206
Indisciplina
Indisciplina 210
Retrato de autor
Ritratto d'autore 214
Grapa em setembro
Grappa a settembre 218

Balé
Balletto 222
Paternidade
Paternità 226
Atlantic Oil
Atlantic Oil 230
Crepúsculo de areeiros
Crepuscolo di sabbiatori 234
O carroceiro
Il carrettiere 238
Trabalhar cansa
Lavorare stanca 242

MATERNIDADE
MATERNITÀ

Uma estação
Una stagione 248
Prazeres noturnos
Piaceri notturni 252
O jantar triste
La cena triste 256
Paisagem IV
Paesaggio IV 260
Uma recordação
Un ricordo 264
A voz
La voce 266
Maternidade
Maternità 268
A mulher do barqueiro
La moglie del barcaiolo 272
A velha bêbada
La vecchia ubriaca 276

Paisagem VIII
Paesaggio VIII 280

LENHA VERDE
LEGNA VERDE

Exterior
Esterno 284
Fumantes baratos
Fumatori di carta 288
Uma geração
Una generazione 294
Revolta
Rivolta 298
Lenha verde
Legna verde 302
Poggio Reale
Poggio Reale 306
Palavras do político
Parole del politico 310

PATERNIDADE
PATERNITÀ

Mediterrânea
Mediterranea 314
Paisagem VI
Paesaggio VI 318
Mito
Mito 322
O paraíso sobre os telhados
Il paradiso sui tetti 326
Simplicidade
Semplicità 328

O instinto
L'istinto 332
Paternidade
Paternità 336
A estrela da manhã
Lo steddazzu 340

APÊNDICE

O ofício de poeta 349
A propósito de alguns poemas ainda não escritos 363

Agradecimentos do tradutor 371
Índice de primeiros versos 373

Nota a esta edição

Em 2002, defendi na Universidade de São Paulo uma tese de doutorado que consistia na tradução de *Trabalhar cansa*, livro de estreia de Cesare Pavese, acompanhada de um ensaio. Em 2009, levemente modificado em relação ao texto acadêmico, *Trabalhar cansa* (com os apêndices e a introdução "A *oficina irritada* de Cesare Pavese") foi publicado pela Cosac Naify/7Letras na Coleção Ás de Colete, então dirigida por Augusto Massi e Carlito Azevedo, a quem agradeço mais uma vez. E hoje agradeço a Alice Sant'Anna, responsável por esta reedição da Companhia das Letras, que reproduz integralmente aquele trabalho-livro elaborado há vinte anos (com a exceção do verso "iam de madrugada por essas colinas", do poema "O tempo passa", retraduzido por "caminhavam cedinho por essas colinas"). Preferi mantê-lo como tal, sem rever nenhuma de suas partes: caso o fizesse, ele seria outro livro. Afinal de contas, Cesare Pavese é outro, o tradutor é outro e, em boa parte, os leitores serão outros.

Maurício Santana Dias
São Paulo, 7 de setembro de 2021

A *oficina irritada* de Cesare Pavese[*]

Maurício Santana Dias

È mutato il colore del mondo.

Cesare Pavese, *Mito*

Ao contrário de outros poetas italianos do século xx, como Eugenio Montale, Salvatore Quasimodo ou Giuseppe Ungaretti, que tiveram suas obras publicadas no Brasil em anos recentes,[1] a poesia de Cesare Pavese ainda é praticamente desconhecida no país. Dele, foram editados aqui o famoso diário *Il mestiere di vivere* (*O ofício de viver*) e algumas narrativas, como as três novelas que compõem *La bella state* (*O belo verão*) e o romance *La luna e i falò* (*A lua e as fogueiras*).

Pouco lido por seus contemporâneos e menos ainda entendido em seu *projeto* poético, *Lavorare stanca* permaneceu

---

[*] Introdução à primeira edição brasileira, publicada pela Cosac Naify, em 2009.
[1] Ver, por exemplo: Eugenio Montale, *Ossos de sépia*. Trad., pref. e notas de Renato Xavier. São Paulo: Companhia das Letras, 2002; *Diário póstumo*. Trad., introd. e notas de Ivo Barroso. Rio de Janeiro: Record, 2000; e *Poesias*. Trad. e notas de Geraldo Holanda Cavalcanti. Rio de Janeiro: Record, 1997; Giuseppe Ungaretti, *A alegria*. Trad. de Sérgio Wax. Belém: Cejup, 1992; *Daquela estrela à outra*. Org. de Lucia Wataghin. Trad. de Haroldo de Campos e Aurora F. Bernardini. São Paulo: Ateliê, 2003, e os livros de ensaio *Invenção da poesia moderna*. Trad. de Antônio Lázaro de Almeida Prado. São Paulo: Ática, 1996; e *Razões de uma poesia*. Org. de Lucia Wataghin. Trad. de Lucia Wataghin et al. São Paulo: Edusp/Imaginário, 1994; Salvatore Quasimodo, *Poesias*. Sel., trad. e notas de Geraldo Holanda Cavalcanti. Record, 1999; e Umberto Saba, *Poemas: últimas coisas*. Trad. de Júlio Castañon Guimarães. Belo Horizonte: Espectro Editorial, 2005.

um livro marginal dentro da obra de Pavese e, de modo geral, do quadro da poesia italiana do século xx, embora alguns de seus poemas sejam incluídos nas principais antologias poéticas publicadas nos últimos cinquenta anos.[2] Isso porque sua proposta destoava muito das principais linhas de força das poéticas modernistas e, particularmente, do hermetismo italiano consolidado na década de 1930.

A crítica geral que se fazia, e em parte ainda se faz, é que os poemas soavam pouco "poéticos" aos ouvidos dos contemporâneos, tanto pela forma eminentemente narrativa quanto pelos temas ligados ao cotidiano rural e urbano. De fato, o ritmo dos versos pavesianos repetia-se obsessivamente em anapestos,[3] ao longo de nove, doze, quinze, às vezes dezoito sílabas; e rima não havia, nem mesmo rimas internas, muito escassas. Havia, antes, um trabalho sistemático do que se poderia chamar de quebra do *efeito poético* e da *cadência melódica* que marcavam a poesia de tendência pós-romântica e neossimbolista em voga. Observava Giorgio Bàrberi Squarotti em 1956:

> O metro de julgamento com que os versos de Pavese foram medidos constituiu-se geralmente de uma aprovação ou de uma

2 Cf. Luciano Anceschi, *Lirica del novecento*. Florença: Vallecchi, 1953 ("La notte", "Estate", "Dopo", "Fumatori di carta", "Il paradiso sui tetti"); Giacinto Spagnoletti, *Antologia della poesia italiana 1909-1949*. Bolonha: Guanda, 1954 ("I mari del Sud" e "Grappa a settembre"); Pier Vincenzo Mengaldo, *Poeti italiani del novecento*. Milão: Mondadori, 1981 ("I mari del Sud", "Donne appassionate", "Crepuscolo di sabbiatori", "Semplicità" e "Lo steddazzu"); Edoardo Sanguineti, *Poesia italiana del novecento*. Turim: Einaudi, 1993 ("I mari del Sud", "Pensieri di Deola", "Casa in costruzione", "Atlantic Oil", "Fumatori di carta" e outros).

3 Na versificação greco-latina, anapesto é o pé métrico formado por duas sílabas breves (ou átonas, na metrificação italiana) seguidas de uma longa (tônica), como se fosse um dátilo, mais usado na poesia clássica, às avessas. O seu ritmo é de marcha, e era o verso mais usado pelos trágicos gregos nas falas do coro e em recitativos.

14

polêmica poética, quer operasse uma educação hermética inclinada a fruir a pureza da imagem *lírica*, quer incidisse, ao contrário, uma simplificação de origem crociana, calibrada por um cálculo de resultados poéticos exatos e evidentes.[4]

De fato, Pavese conquistou meticulosamente um lugar à parte no amplo espectro da lírica do século xx. O que o escritor piemontês estava propondo a seus leitores era, em primeiro lugar, uma poética sem impostação retórica, sem grandiloquência e sobretudo sem aquele inefável — o *je ne sais quoi* — da poesia pura, de matriz marcadamente francesa. Seu projeto, ao mesmo tempo modesto e bastante ambicioso, girava em torno de uma ideia básica: tentar fazer a poesia aderir à experiência e buscar romper o cerco de alienação que teria apartado a arte da vida, restituindo à experiência moderna um sentido pleno, uma fundamentação última ou totalidade perdida, mas, note-se, sem recorrer a nenhum tipo de transcendência.

Portanto, ao contrário do que possa parecer à primeira vista, os poemas de *Lavorare stanca* não são simples: longe de serem obra de um poeta "inspirado", "espontâneo", "ingênuo" e outros adjetivos do gênero, seus textos são o *produto* de um esforço intelectual reflexivo e concentrado.

Aliás, poucos poetas modernos foram tão avessos ao improviso e à intuição quanto Cesare Pavese. Não por acaso sua poesia é escassa em metáforas, sinestesias, hipérbatos, paronomásias, enumerações caóticas e outros tantos procedimentos e figuras de linguagem que deram à lírica moderna uma forma mais ou menos identificável, desde Walt Whitman e Baudelaire até Ungaretti ou Drummond.

---

4 Giorgio Bàrberi Squarotti, "Appunti sulla tecnica poetica di Pavese". In: _____. *Astrazione e realtà*. Milão: Rusconi e Paolazzi, 1960, p. 313.

A FORMAÇÃO DE UM PROBLEMA

Ao ler pela primeira vez *Lavorare stanca*, há cerca de vinte anos, tive a impressão de que estava diante de um precursor do neorrealismo italiano, concordando sem o saber com boa parte da crítica que, sobretudo no pós-Segunda Guerra, viu em Pavese uma espécie de referência central para toda uma geração de jovens poetas e prosadores engajados nas transformações sociais do país.

No entanto, desde aquela primeira leitura, percebi — mais por intuição do que por análise — que algo ali não quadrava, ou seja, que os poemas narrativos sobre trabalhadores rurais, prostitutas, operários de Turim, vagabundos solitários, bêbados e adolescentes descobrindo a sexualidade eram apenas o aspecto mais visível de uma poética que não tinha nada a ver com certa militância neorrealista nem muito menos com qualquer tipo de primitivismo naïf.

Com o passar dos anos, relendo os poemas com mais atenção e confrontando-os com a obra relativamente extensa que Pavese deixou apesar dos seus 42 anos incompletos — *Paesi tuoi*, *La spiaggia*, *La bella estate*, *Prima che il gallo canti*, os *saggi* e as *lettere*, o diário, *La luna e i falò*, mas sobretudo os *Dialoghi con Leucò*, que parecem iluminar a posteriori os poemas de *Lavorare stanca* —, reformulei por inteiro as minhas impressões iniciais. Eu havia sido atraído, mais que pela "beleza" da obra pavesiana (se é que se pode falar de beleza em seu caso), pelo "problema" que a sua obra colocava e que deriva em grande parte do ambicioso projeto de enfeixar e conferir uma forma cerrada a estratos culturais diversos e, por vezes, antagônicos.

Refiro-me mais especificamente à convivência, em Pavese, de uma formação clássica, acumulada em suas leituras de Homero, Hesíodo, Virgílio, Dante e Shakespeare, com o caldo de cultura especificamente moderno, que em seu caso provinha sobretudo de autores norte-americanos, desde os "clássicos" Whitman e Melville aos contemporâneos Lee Masters, Sinclair Lewis, Sherwood Anderson, Steinbeck, Gertrude Stein.

E não seria exagerado dizer que a tentativa de conciliar e de dar forma acabada, estável, a tradições tão díspares — a cultura clássica, de um lado, e as solicitações do mundo moderno, de outro — constitui o eixo estruturante de toda a obra pavesiana. Mas é em seu primeiro livro, *Lavorare stanca*, feito de poemas escritos entre setembro de 1930 ("I mari del Sud") e outubro de 1940 ("Notturno"), que seu *projeto criador* se manifesta de maneira mais clara. De fato, o livro se apresenta menos como coletânea de poemas autônomos, redigidos ao longo de dez anos, do que um pequeno tratado de poética *in progress*, analisado e reelaborado passo a passo pelo próprio autor não só nos textos poéticos, mas também nos dois apêndices que ele incluiu na edição definitiva.

O convívio mais demorado com os textos pavesianos me fez tomar algumas precauções básicas. A primeira delas: não incorrer no mesmo equívoco de tanta crítica que viu nos comentários de Pavese a melhor interpretação de seus poemas, como se de fato os apêndices e as passagens do diário dedicados a analisar a própria obra fossem um exercício de crítica à parte, autônoma do resto, e não parte integrante de suas elaborações ficcionais e culturais. Mal comparando, tomar as autoanálises de Pavese como "autênticas" obras de crítica seria o mesmo que considerar a famosa carta de Fernando Pessoa a Adolfo Casais Monteiro, em que o poeta de *Mensagem* supostamente revela a gênese de sua heteronímia, como uma peça "sincera e digna de fé" — e sabe-se que por muito tempo a geração imediatamente posterior à de Pessoa, a dos presencistas, a tomou como tal.

Talvez o fascínio e o estranhamento que os poemas de Pavese provocam até hoje derivem justamente daí: textos simples, escritos numa linguagem em que predomina o coloquial, sobre temas e gente simples (a "gente que não é ninguém", de William Carlos Williams, no poema "*Apology*"), mas que todavia deixam entrever uma complexa, tensa e muitas vezes mal resolvida urdidura cultural.

Moderno sem aderir às experiências mais radicais da modernidade, clássico sem evidentemente participar da Grécia antiga ou da Itália de Dante, consciente dessas antinomias insolúveis e vivendo o período histórico mais conturbado do século xx, o entreguerras, Pavese se propôs o projeto impossível de construir uma obra literária que condensasse tudo isso de maneira equilibrada. Mas para atingir suas intenções era necessário isolar cuidadosamente os elementos que pudessem pôr em risco a estabilidade do conjunto: o verso livre de Walt Whitman, a redescoberta do barroco pela geração espanhola de 1927 e o uso abundante da enumeração caótica, as colagens do futurismo, a página em branco de Mallarmé, a escrita automática do surrealismo francês, o fluxo de consciência de Joyce e Faulkner[5] (pelos quais o autor italiano não tinha especial predileção, embora os tenha traduzido), o "alusivo e fragmentário" dos herméticos italianos, enfim, todas as experiências que confrontavam os homens de sua geração com a perda de sentidos estáveis.

5 Ver, por exemplo, o artigo "Faulkner, cattivo allievo de Anderson", *La Cultura*, 1934. Cf. Cesare Pavese, *Saggi letterari*. Turim: Einaudi, 1973; e várias passagens de "Il mestiere di vivere".

* * *

Nascido na pequena burguesia do Piemonte, educado durante a infância em colégio jesuíta, formado na escola liberal, racionalista e humanista de Augusto Monti,[6] imbuído a princípio de um idealismo crociano que entrava em choque não apenas com o adorado D'Annunzio, lido na juventude, mas também com o crepuscularismo moderno de Gozzano e com a nova narrativa norte-americana, foi assim que Pavese chegou, aos 22 anos, ao primeiro poema de *Lavorare stanca*: cheio de referências conflitantes, às quais se misturavam suas próprias fixações nos mitos formados durante a adolescência, em que uma sexualidade reprimida e mal resolvida[7] projetava nas colinas, nos campos do Piemonte e em mulheres sempre esquivas seus desejos e sua violência latente.

Tudo isso, somado a uma aguda ambição de glória e de reconhecimento,[8] acabou se apresentando ao jovem e reservado Pavese como uma difícil equação a ser resolvida. Perfilar as ex-

6 Na qual foram também formados Norberto Bobbio, Giulio Carlo Argan, Leone Ginzburg, Massimo Mila e Giulio Einaudi, todos colegas de Pavese.

7 Dominique Fernandez escreveu mais de quinhentas páginas sobre a constituição psicológica de Pavese, fazendo uma análise minuciosa dos dados biográficos, em particular aqueles relativos à infância e adolescência, bem como dos textos do autor. O resultado impressiona pela riqueza de informação e erudição, mas peca pela sobrecarga de teses psicanalíticas que fazem da obra paveriana o subproduto de um indivíduo desajustado com o mundo. Cf. Dominique Fernandez, *L'Échec de Pavese*. Paris: Bernard Grasset, 1967.

8 "[...] tenho diante de mim uma obra que me interessa, não tanto porque sou o seu autor, mas porque, pelo menos durante algum tempo, acreditei que ela fosse a melhor parte do que estivesse sendo escrito na Itália e, neste momento, sou o homem mais bem preparado para compreendê-la", afirma o autor em "O ofício de poeta" (p. 349 desta edição), texto de 1934 que ele incluiu na edição definitiva de *Lavorare stanca* (1943).

periências poéticas de seus contemporâneos, que proliferavam imagens fragmentárias sobre a falência das formas tradicionais e exploravam a fundo os aspectos incongruentes, absurdos ou obscuros da experiência tanto subjetiva quanto histórica, podia ser arriscado demais para um escritor que sempre buscou "reduzir os mitos à clareza"; e Pavese era o primeiro a admitir que não dispunha nem dos meios nem da disposição psíquica para aderir ao cânone modernista. Retornar simplesmente ao passado já não era algo possível para quem tivesse um mínimo de inquietação diante das reviravoltas que estavam acontecendo, muito menos para o autor de "I mari del Sud", que buscava ansiosamente fundar uma poesia nova.

O que faz, então? Num primeiro momento, isto é, nos poemas que vão de 1930 a 1933, Pavese recupera o poema narrativo tradicional (ou *"poesia-racconto"*, como ele mesmo define) e nele faz uma espécie de amálgama entre os tipos do Middle West americano, assimilado indiretamente dos muitos livros que leu, e a sua experiência "imediata" das paisagens e figuras do Piemonte rural e urbano. O slang norte-americano é adaptado para uma língua italiana tanto quanto possível falada, o italiano médio daqueles anos, com uma incorporação mínima de elementos do dialeto piemontês.[9] Suas experiências de linguagem estavam voltadas antes de tudo para a criação de uma "língua franca" da poesia, que fosse ao mesmo tempo

9 Há poucas ocorrências do dialeto piemontês nos poemas de Pavese: "cicca", "napoli", "piola", "tampa", "gorbetta", "grappino", e o uso peculiar dos verbos "andare", "fare" e "restarci" ou do demonstrativo "sto", aférese de "questo". Cf. levantamento exaustivo feito por Giuseppe Savoca e Antonio Sichera, *Concordanza delle poesie di Cesare Pavese: concordanza, liste di frequenza, indici*. (Florença: L. S. Olschki, 1997), que registra como principais ocorrências os italianíssimos "sole" (59), "terra" (47) e "collina" (38).

20

popular e cultivada. Mas, da perspectiva de Pavese, para que tal construção poética ficasse de pé eram necessários cimento e cordas mais fortes do que o verso rarefeito e fragmentário de seus contemporâneos. É nesse momento que o poeta, assim como numa noite Pessoa descobriu Alberto Caeiro em si, descobre o "seu" verso ao "murmurar uma cantilena de infância".

Uma análise detalhada da escansão de "I mari del Sud", poema inaugural que sela a mítica descoberta de um verso, mostrará que nele há bem pouco de espontâneo, como o autor quis fazer crer em "Il mestiere di poeta" (1934). Mas o fato que menos interessa aqui é demonstrar se a descoberta foi espontânea ou construída: o que cabe registrar é que, durante os dez anos de gestação de *Lavorare stanca*, Pavese afastou-se pouquíssimo do ritmo que ele inventou para si, uma cadência quase sem variantes, a pontuar do início ao fim os poemas do livro com um *ostinato rigore*.

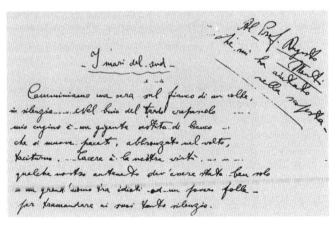

"I mari del Sud", 1930.

É óbvio que essa regularidade extrema, longe de mimetizar o real, funciona mais como uma negação da realidade em que o escritor está imerso; ou seja, quanto mais o mundo à sua volta se tornava turbulento, excessivo, veloz, caótico, mais Pavese lhe impunha uma ordem clara e precisa. Intuindo as forças de dispersão que estavam no bojo da experiência modernista — as mesmas que hoje, na cultura dita pós-moderna, se tornaram uma espécie de segunda natureza —, Pavese reage com um esforço de totalidade. Há aí, portanto, um movimento contraditório: ao mesmo tempo que o poeta almeja apreender a plena realidade em seus versos, a forma do poema rechaça a infinita variedade do real. Não se trata apenas de "contato poético com a realidade",[10] mas também, paradoxalmente, de um máximo afastamento em relação ao mundo concreto.

Após a composição de "I mari del Sud", elaborado sintomaticamente nos meses (setembro a novembro) que antecederam e sucederam a morte de sua mãe, ocorrida em 4 de novembro de 1930, Pavese se deu conta de que havia superado os poemas de juvenília — ainda d'annunzianos ou *scapigliati*[11] — e que já estava preparado para dar início ao

---

10 A frase é de Edoardo Sanguineti, que na introdução à sua antologia reúne sob a rubrica "sperimentalismo realistico" Cesare Pavese, Pier Paolo Pasolini e Elio Pagliarani: *"coloro che, ognuno per la strada sua, hanno sognato o stanno ancora sognando il contatto poetico con la realtà, e tentano forme varie di poesia-racconto, di poesia-testimonianza, di poesia-epistola"*. Na tentativa de encontrar uma "ponte histórica entre o neorrealismo e a neovanguarda" do Grupo 63, Sanguineti não percebe os aspectos contraditórios do "realismo" pavesiano. Cf. Sanguineti, op. cit., p. LX.

11 A Scapigliatura foi um movimento literário dos anos 1860-70, forte sobretudo no norte da Itália (Milão e Turim), que contestou e exacerbou elementos do primeiro romantismo, incorporando o gótico, o humor negro, a morbidez e a crítica social. Expoentes desse movimento foram Iginio Tarchetti, Emilio Praga, Carlo Dossi e os irmãos Boito. No Brasil, sua correspondente mais próxima seria a geração do "mal do século", com Álvares de Azevedo à frente.

seu laborioso projeto: havia fixado um tema e suas figuras principais; havia definido um gênero, o poema narrativo ou "poesia-racconto"; e "inventado" um verso de leis rigorosas, a corda forte que faltava para amarrar o todo.

Só que, por tudo o que mencionei até aqui sobre a formação de Pavese, é de supor que a trabalhosa constituição de *Lavorare stanca*, à medida que ampliava as suas intenções, acabaria sendo desmontada a partir de dentro, num processo de exaustão e desgaste. O projeto inicial de uma poesia radicalmente objetiva e narrativa, antilírica, revelou-se insuficiente: num segundo momento, era preciso incorporar de algum modo a imagem à narrativa para não "sucumbir à tirania dos objetos", e assim nasceram a "immagine-racconto" [imagem-narrativa] e o primeiro poema da série "Paesaggio", constituída de oito poemas. Mas as imagens, tal como Pavese as entendia, não poderiam ser algo aleatório, fruto de uma subjetividade desregrada e hedonista. Portanto, cabia ao poeta discipliná-las pelo recurso da analogia, estruturando-as num sistema de correspondências que daria unidade ao poema. No entanto, essa nova disposição mostrou-se artificiosa, o que poderia abrir caminho ao que lhe parecia mais detestável: o mero jogo verbal, a "arte pela arte". Era preciso "construir na arte e construir na vida, expulsar o voluptuoso da arte como da vida, ser tragicamente", como Pavese escreveu no diário em 20 de abril de 1936, e nada podia estar mais distante deste imperativo ético do que a redução da poesia a puro artefato.

Ficha da prisão política, 11 jun. 1935.

Os poemas que assinalam a fase final de *Lavorare stanca*, escritos a partir do confinamento em Brancaleone (Calábria) entre 1935-6 — para onde os fascistas o haviam mandado —, mas especialmente aqueles que se seguiram à decepção amorosa, quando Pavese retorna a Turim e fica sabendo que a mulher que ele amava estava prestes a se casar, marcam a transição para uma poética mais subjetiva, a que ele chamou de "realismo simbólico", na qual os mitos da infância e uma insistência nos aspectos mais problemáticos da existência — a solidão, a inutilidade das ações, as zonas cinzentas e irredutíveis ao exercício intelectual — tomaram o primeiro plano da cena. São os poemas que grosso modo se situam entre "Paternità" (1935) e "Notturno" (1940).

Contudo, nem mesmo nos poemas finais Pavese abre mão do seu ritmo monocórdio, do verso martelado em baixo contínuo, embora neles já se percebam fissuras, desgastes e variantes em relação à forma original: restam como últimos recursos, meramente formais, a garantir a unidade do cancioneiro. No final de 1940, em plena Segunda Guerra e no auge da ditadura de Mussolini, o projeto de Pavese havia atingido seu limite.

Os poemas escritos após *Lavorare stanca*, que são a série de "La terra e la morte" (1945) e os demais textos incluídos na coletânea póstuma *Verrà la morte e avrà i tuoi occhi* (1951), deixam claro que, naquela altura, Pavese havia abandonado a ideia de construir uma poética própria,[12] conquanto neles também compareçam as colinas, os vinhedos, as manhãs, a mulher, o sangue, figuras presentes no primeiro livro. Porém, a dicção, o verso e o objetivo são outros: já não se trata de resolver poeticamente um problema, mas de levar inquietações de natureza marcadamente subjetiva para o interior do poema. Talvez por isso boa parte da crítica prefira à áspera poética de *Lavorare stanca* a poesia mais musical, "lírica" e "intimista" da coletânea póstuma.

Sem querer entrar no mérito de distinguir qual a melhor poesia de Pavese nem cair nas divisões crocianas entre poesia e não poesia, devo apenas ressaltar que minha opção por

---

12 Isto é dito explicitamente na nota que antecede os apêndices de *Lavorare stanca*: "Qualquer que venha a ser o meu futuro de escritor, considero concluída com este texto a pesquisa de *Lavorare stanca*" (p. 347 desta edição). E, numa carta escrita no final de 1945 e endereçada a Silvio Micheli, diretor da revista *Darsena Nuova*, Pavese comenta a respeito de "La terra e la morte": *"diversissime da* Lavorare stanca *(in settenari), e quasi dannunziane"*. Cf. Cesare Pavese, *Le poesie*, op. cit., p. XLI.

traduzir e estudar mais de perto o ciclo de *Lavorare stanca* não decorreu de uma atração pela suposta beleza intrínseca de seus poemas — uma "beleza" certamente difícil —, mas pelas questões estéticas, políticas e históricas que ele propõe em seu projeto. Além disso, a década de 1930 foi talvez a mais fértil da poesia italiana do século XX, e o problema-Pavese permite, por contraste, perceber as rupturas, as continuidades, os fluxos e refluxos daquele momento decisivo para a formação da poesia moderna.

Antes de passar adiante, algumas palavras sobre a tradução. Como o projeto poético de Pavese se desenvolve sobre uma rigorosa regularidade estilística, feita de metros anapésticos que variam de três a seis pés, frequentemente com cesura e não rimados, não faria sentido optar por uma versão livre, pois assim se perderia a própria substância de *Lavorare stanca*, e não apenas a sua forma. Por isso busquei sempre que possível reproduzir em minha língua, o português falado e escrito no Brasil, a métrica e a cadência dos versos italianos, o que certamente contribuiu para realçar o caráter antilírico de suas construções, tornando sua leitura quem sabe mais árdua do que a leitura dos originais. Este, porém, é o preço a pagar por uma tradução que não buscou liricizar nem tornar mais belos e fluentes os poemas pavesianos, mas que tentou antes de tudo dar conta de seu projeto — ainda que de modo crítico e tomando as liberdades necessárias ao ofício de tradutor.

Neste exercício de paciência e equilíbrio — o tradutor está sempre na corda bamba —, achei mais prudente manter em suspensão a famosa descrença de Arthur Schopenhauer, que em "Parerga e paralipomena" sentenciou: "Poemas não podem ser traduzidos". Preferi ter em mente as palavras mais encorajadoras, mas talvez menos sensatas, de Italo Calvino:

Por mais difícil que seja traduzir os italianos, vale a pena fazê-lo: porque vivemos com o máximo de alegria possível o desespero universal. Se o mundo é cada vez mais insensato, a única coisa que podemos tentar fazer é dar-lhe um estilo.[13]

CONTRA CAOS E OBSCURIDADE

Concorde-se ou não com eles, dois dos textos mais influentes sobre a poesia escrita no Ocidente, desde Whitman e Baudelaire até meados do século XX, são *A enumeração caótica na poesia moderna* (1945), de Leo Spitzer, e *Estrutura da lírica moderna* (1956), de Hugo Friedrich. É evidente que no período de meio século que nos separa da publicação desses dois clássicos dos estudos literários muita coisa mudou não só na teoria e na crítica literária, mas também na própria poesia. De qualquer forma, os textos de Spitzer e Friedrich continuam sendo produtivos para avaliar as questões que aqui nos interessam, podendo ainda hoje ser tomados como balizas dos principais fenômenos que transformaram a poesia romântica do século XIX em "poesia moderna" — conceito que agora tem um sentido histórico mais definido, complexo e certamente mais problemático que na época em que os dois ensaios foram escritos.

Como a definição de lírica moderna apresentada por Spitzer e Friedrich nos interessa para demonstrar, por contraste, que Pavese tentou seguir um caminho inverso ao de seus contemporâneos, talvez não seja desnecessário relembrar as principais linhas de argumentação dos dois teóricos

13 Cf. Italo Calvino, *Saggi*. Milão: Mondadori, 1995, p. 1831.

em sua tentativa de delinear essa coisa tão ampla que é — ou foi — a poesia moderna.

Leo Spitzer, um dos expoentes da crítica estilística, começa seu estudo com uma análise do ensaio de Detlev Schumann sobre o procedimento da enumeração em Whitman, Rilke e Werfel. Segundo ele, Schumann teve uma ótima intuição, mas perdeu a oportunidade de estender a sua descoberta a um campo mais vasto, ou seja, de investigar a enumeração em outros poetas tendo em vista o "fenômeno moderno" como um todo. Passa, então, a investigar a enumeração em Paul Claudel, Rubén Darío e as *disjecta membra* de Pablo Neruda. Em linhas gerais, a tese de Spitzer sustenta que o "caoticismo" seria o elemento mais característico da enumeração entre os modernos.

A partir daí, faz uma longa digressão, citando os textos da tradição cristã e os barrocos espanhóis, especialmente Calderón e Quevedo, que teriam sido precursores diretos da "enumeração caótica" moderna. Segundo ele, até a primeira edição das *Folhas de relva* (1855), de Walt Whitman, a enumeração sempre havia estado a serviço de uma ordem transcendente, posto que se tratava de "um dos procedimentos mais eficazes para descrever a perfeição do mundo criado". Mesmo o gosto pelo fragmentário do barroco espanhol teria *una fuerza central unificadora*", que já não se encontra nos poetas modernos:

> A tensão caótica está aqui presente, mas sujeita a uma ordem. [...] Foi necessária uma revolução sem precedentes como a de Whitman para romper a ordem tradicional em poesia.[14]

14 Leo Spitzer, *La enumeración caótica en la poesía moderna*. Trad. de Raimundo Lida. Buenos Aires: Universidad de Buenos Aires, Instituto de Filología, 1945, p. 31. [Esta tradução e a das notas subsequentes são de autoria do próprio tradutor.]

Mas a modernidade de Whitman, malgrado toda a sua inovação, ainda estaria ordenada por uma fé panteísta que já não teria lugar no mundo moderno. Para Spitzer, por motivos históricos que não caberia analisar aqui, a literatura de língua espanhola teria sido a que mais se utilizou da enumeração caótica para expressar a experiência moderna. Como exemplos máximos desse procedimento, cita Pablo Neruda e Pedro Salinas:

> A poesia de Neruda nos apresenta o esquema de Whitman com a visão desencantada do caos moderno, sem fé panteísta que o ordene ou unifique [...]. Neruda é na verdade uma soma de Quevedo + Whitman + Rimbaud [...] a desarticulação das coisas combinada com a desarticulação do eu.[15]

Já em Salinas, a enumeração caótica representaria "uma rejeição da desordem deste mundo criado, que o poeta moderno abandona para lançar-se no mundo artificial e absoluto, o 'seguro acaso'". E, mais adiante, Spitzer menciona as obras de James Joyce e Alfred Döblin:

> O torvelinho de palavras, de slogans e de frases feitas se juntará, nos romances de Joyce ou Döblin, aos torvelinhos das coisas que giram ao redor do homem moderno, podendo tornar-se mais *real* e mais obsessivo que a realidade mesma das coisas.

Partindo do despretensioso ensaio de Schumann, Leo Spitzer chega a deduzir que a enumeração caótica constitui

15 Id., ibid., p. 69.

uma das formas mais características da expressão poética moderna. Tratava-se, como ele sugeria, não apenas de um reflexo da crescente "caoticidade" do mundo moderno pela arte, mas também de uma profunda crise da linguagem, que começava a perder transparência, ou melhor, sua "função comunicativa" e sua transitividade, dobrando-se sobre si mesma e, no limite, negando a própria realidade exterior. Este é o movimento básico que levou a lírica e a arte modernas a atingirem, especialmente entre os anos 1920 e 1960, um máximo de autonomia e estranhamento em relação à experiência histórica.

De forma semelhante Hugo Friedrich irá concentrar sua argumentação nos conceitos de "dissonância", "negatividade" e "fragmentação". "A lírica europeia do século xx não é de fácil acesso. Fala de maneira enigmática e obscura",[16] diz o incipit de seu livro.

Partindo da tríade francesa Baudelaire-Rimbaud-Mallarmé e chegando a Lorca e Apollinaire, Ungaretti e Montale, Eliot e Saint-John Perse — entre os quais poderiam ser incluídos Fernando Pessoa, Murilo Mendes e, em parte, Carlos Drummond de Andrade, especialmente o de *Claro enigma* —, Friedrich descreve um crescente processo de abstração e alheamento da poesia em relação a um mundo cuja objetividade se tornou cada vez mais indiscernível, indefinida, impalpável. Daí a advertência de que

> não se poderá aconselhar outra coisa a quem tem boa vontade
> do que procurar acostumar os olhos à obscuridade que envolve

---

16 Hugo Friedrich, *Estrutura da lírica moderna*. Trad. de Marise Curioni e Dora Ferreira da Silva. São Paulo: Duas Cidades, 1991, p. 15.

a lírica moderna. Por toda parte, observamos nela a tendência de manter-se afastada tanto quanto possível da mediação de conteúdos inequívocos.

A culminação desse processo de retraimento diante do mundo seria o que o teórico chama de "fantasia ditatorial", a consequência mais extrema da autonomia da arte. Diz Friedrich:

> Na poesia do século xx, a fantasia ditatorial é a origem de todas as transformações e destruições do mundo real [...]. Mas o que há de moderno é que o mundo nascido da fantasia criativa e da linguagem autônoma é inimigo do mundo real.

E conclui:

> O poder da fantasia, que começou a afirmar-se em fins do século xviii, tornou-se no século xx quase definitivo.[17]

Portanto, a autonomia radical alcançada pelas artes modernas no início do século xx, aí incluída a poesia, fez com que esta se voltasse progressivamente sobre si mesma, concentrando-se mais em seus próprios procedimentos formais do que na coisa referida, mais no significante e menos no significado: uma arte altamente alusiva, metafórica, fragmentária, descentrada.

Entre os três poetas italianos — Ungaretti, Quasimodo e Montale — que Friedrich inclui na pequena antologia anexada por ele a título de ilustração de sua teoria, há o "Canto"

17 Id., ibid., p. 202.

(1932) ungarettiano, que serve bem de contraste a qualquer um dos poemas que Pavese andava escrevendo nos anos 1930:

Rivedo la tua bocca lenta
(Il mare le va incontro delle notti)
E la cavalla delle reni
In agonia caderti
Nelle mie braccia che cantavano,
E riportarti un sonno
Al colorito e a nuove morti.

E la crudele solitudine
Che in sé ciascuno scopre, se ama,
Ora tomba infinita,
Da te mi divide per sempre.
Cara, lontana come in uno specchio…[18]

Embora muitos dos elementos desse poema sejam lugares-comuns da lírica e, também, tipicamente pavesianos — o mar, a mulher, o sono, a solidão, a noite —, a forma como se organizam é a tal ponto diversa nos dois poetas que se poderia falar de poéticas opostas. Aqui a sucessão de imagens fragmentadas, a irregularidade métrica, o ritmo sincopado, o corte abrupto entre o primeiro e o segundo versos, as reticências que "concluem" a composição como um quadro inacabado, tudo isso é estranho ao rigor e à regularidade de construção

---

18 "Revejo tua boca lenta/ (O mar lhe vai ao encontro nas noites)/ E a cavalgada dos rins/ Em agonia cair-te/ Em meus braços que cantavam,/ E reconduzir-te o sono/ Ao colorido e a novas mortes.// E a cruel solidão/ Que em si cada um descobre, se ama,/ Ora tumba infinita,/ De ti me divide para sempre./ Cara, distante como num espelho…" (em tradução literal)

em Pavese, que busca atingir um máximo de objetividade e precisão utilizando-se de um mínimo de variações formais. Veja-se, por exemplo, "Gente spaesata" (1933). O poema é um pequeno quadro narrativo em que vários elementos do "Canto" ungarettiano estão presentes. No entanto, a composição de Pavese poderia quase ser reduzida a um relato bucólico-naturalista: dois amigos olham em silêncio para o mar e depois vão beber numa taverna durante a noite, onde imaginam, sob o efeito do álcool, as colinas de onde eles vieram. E, nas colinas, eles "veem" jovens nuas como os frutos; mas um dos amigos, o narrador do poema, porta-voz de um realismo sancho-panciano, diz que não é necessário imaginá-las, pois na manhã seguinte eles tomarão o rumo das colinas e talvez encontrem no caminho as camponesas queimadas de sol. É claro que o poema não pode ser reduzido simplesmente a esta micronarrativa; pois a que se refeririam, por exemplo, a água que *"si stende slavata/ e sfumata nel nulla"* ou as colinas que *"mi riempiono il cielo e la terra/ con le linee sicure dei fianchi"*? Mesmo neste poema "realista" há, portanto, elementos obscuros. Mas o fato que mais chama a atenção é de ordem formal, já que todo ele é moldado numa consistência quase granítica, com uma cadência rítmica de metrônomo: em todos os versos, o icto (acento tônico obrigatório) recai na terceira, sexta, nona, 12ª e 15ª sílabas, em anapestos perfeitos. A única variação fica por conta da extensão dos versos, alguns com doze e a maioria com quinze sílabas; ou quatro e cinco pés métricos, respectivamente. Basta ler as duas primeiras linhas da composição:

Troppo mare. Ne abbiamo veduto abbastanza di mare.
Alla sera, che l'acqua si stende slavata

Além disso, percebe-se no poema uma grande economia nas figuras de linguagem (metáforas, metonímias, hipérbatos, paronomásias), como se o universo sem contornos definidos da lírica moderna, o mundo misturado de sensações e imagens no "Canto" de Ungaretti, buscasse aqui o ângulo reto da prosa realista. Note-se ainda que, embora "Gente spaesata" também trabalhe com o sonho, o devaneio, a noite, o espelho, a sexualidade etc., tudo nele parece opor resistência — sem o conseguir de todo, como já se percebe nos dois versos iniciais — ao enigmático, ao não dito, aos aspectos caóticos da poesia moderna.

Em *Lavorare stanca*, durante toda a década de 1930, Pavese pretende precisamente ler ao revés o conjunto de procedimentos e definições que seria mais tarde descrito e sistematizado por Spitzer e Friedrich, nadando obstinadamente contra vento e maré. Onde se dizia obscuridade, ele diz clareza; onde se propunha o fragmento, ele propõe totalidades; onde se apontava para a negatividade, ele aponta para a positividade do real. Assim ele pretendia desarmar, desinventar o caos da arte moderna, reconstruindo para si um universo de coisas claras e bem-ordenadas que, em última instância, correspondia menos à objetividade do mundo exterior — o que àquela altura seria algo ingênuo para um escritor hiperconsciente de seu ofício como Pavese — do que às ideias, imagens e mitos que o povoavam. Por isso a insubmissão dos seus poemas às linhas mestras da lírica moderna diz mais respeito a um projeto criador, a uma carta de intenções poéticas, do que propriamente aos resultados de sua poética, os quais terminam se fixando como o reverso de uma mesma moeda. Depois da leitura minuciosa e micrológica que a tradução propicia, não é difícil perceber, para além dos versos nítidos e calculados, o ponto cego onde toda a visibilidade se perde. O poema deixa trair sua negatividade última justo ali onde a regularidade obsessiva de sua forma tenta ocultá-la.

O desejo de afirmar uma "objetividade viril" e de estabelecer uma comunicação quase imediata com o real não se converte a nenhum tipo de minimalismo expressivo ou à função dêitica da linguagem; ao contrário, as composições estendem-se em versos longos e travejados por uma forma cuja monotonia, marcada na escansão sempre igual de quase todos os poemas, a torna mais distante da natureza e da oralidade e, por conseguinte, mais próxima do artifício. Em outros termos: diferentemente do que afirmou a maior parte da crítica, o autor de *Lavorare stanca* estava a léguas da natureza ou de qualquer realismo espontâneo e primitivo. O que os seus leitores demoraram a perceber é que o credo pavesiano se consolida primordialmente na linguagem, crença que mais tarde, sobretudo nos *Dialoghi con Leucò*, se voltaria para o mito. Mas um mito que nunca chegou a se conciliar com a transcendência, a converter-se em "religião": um mito de "transcendência vazia" e, portanto, trágico.

Nesse sentido é interessante observar o movimento de *desvio* — ou clinâmen, na terminologia de Harold Bloom — com que Pavese opera em relação ao poeta que ele mais estudou e a quem dedicou sua tese de graduação em letras na Universidade de Turim, defendida no mesmo ano em que se inicia o ciclo de *Lavorare stanca*: Walt Whitman. Esse desvio pode ser percebido em vários níveis, por exemplo, na maneira como cada escritor trata a questão do trabalho, um tópos recorrente em ambos. O poeta americano canta o trabalho como a força sobre a qual se constrói e transforma o Novo Mundo, onde o "novo homem", com todas as suas contradições e o seu barulho ("O portentoso estrondo que adoro"), será livre:

Eu sou o cantor, eu canto alto sobre o cortejo/ Eu canto o mundo do meu mar ocidental [...]/ Negócios abrindo, o sono de eras terminado seu trabalho, raças renascidas, revigoradas ("Passeata na Broadway").

O trabalho exaltado não apenas como ação civilizatória, mas também como tema da poesia e da arte:

Eu ergo a voz sobre temas mais soberbos aos poetas e às artes/ Para exaltar o presente e o real/ Para ensinar ao homem comum a glória de seu comércio e caminhar diários/ Para cantar em canções como a vida ativa e química nunca será frustrada/ O trabalho manual de cada um e de todos, o arado, a enxada, a pá/ Para plantar a árvore, o arbusto, os vegetais, as flores/ Para que todo homem realmente faça algo, e toda mulher também ("Canção da exposição", 7).

Já nos poemas de Pavese, o trabalho é inteiramente esvaziado do triunfalismo whitmaniano, reduzido a puro dispêndio de energia, que abate, embrutece e submete aquele que trabalha:

"*Qui il lavoro non serve piú a niente*" ("Paesaggio I"), "*Accettava il lavoro/ come un duro destino umano*" ("Fumatori di carta"), "*La città chiara assiste ai lavori e ai sogghigni./ Nulla può disturbare il mattino. Ogni cosa/ può accadere e ci basta di alzare la testa/ dal lavoro e guardare* [...]/ *La città ci permette di alzare la testa/ a pensarci, e sa bene che poi la chiniamo*" ("Disciplina").

TRABALHAR CANSA

De um ponto de vista formal, Pavese neutraliza meticulosamente os aspectos mais fortes e originais de Walt Whitman, ou seja, o verso livre, a imaginação em liberdade e a enumeração caótica apontada por Spitzer. O que o escritor piemontês assimilará de Whitman é aquilo que lhe é menos exclusivo: a fascinação pela materialidade do real (também presente em Baudelaire, mas em tons lunares); os temas e personagens tirados da vida comum; o ideário democrático, sufocado no ambiente da Itália fascista; a vasta paisagem da América, acomodada às colinas e aos vales do Piemonte. Isso porque a verve transbordante de Whitman, derivada de seu panteísmo sem tragédia e expressa na profusão de imagens, nos versos longos e livres das *Folhas de relva*, "não me era congenial", explica Pavese em "Il mestiere di poeta", "devido à *exuberância desordenada e caprichosa que costuma exigir da imaginação*" (grifo meu) — conquanto o próprio Pavese admitisse sua "admiração" e seu "temor" por essa poesia de *exuberância irracional*. Há aí também, evidentemente, uma operação de *ascese* em relação ao poeta precursor, tal como foi formulada por Harold Bloom:

[Na] *askesis*, ou movimento de autopurgação que ambiciona alcançar um estado de isolamento, [...] o poeta mais recente renuncia a uma parcela de suas virtudes humanas e imaginativas, de maneira a se separar de todos, incluindo o precursor.[19]

19 Harold Bloom, *A angústia da influência*. Trad. e apres. de Arthur Nestrovski. Rio de Janeiro: Imago, 1991, p. 44.

Em Pavese, o desejo de tornar-se "uma voz isolada na poesia contemporânea" passa também por essa renúncia de que fala Bloom, a qual por sua vez resulta na necessidade de contenção extrema da fantasia e de rebaixamento de tom até os níveis mais prosaicos. Não por acaso essa ascese é mais pronunciada nos poemas escritos entre 1930-3, quando a frequentação de Whitman ainda estava muito viva.

Após as revoluções poéticas desencadeadas pelas *Folhas de relva* e as *As flores do mal*; depois de tantas experiências de subversão do "belo artístico" e dos ideais humanistas, cuja crise se agravou com a Primeira Guerra Mundial; depois do futurismo, do dadaísmo, do ultraísmo, do imagismo, do surrealismo e do próprio hermetismo italiano, cujos antecedentes remontam à *Allegria di naufragi* (1919), de Ungaretti, parecia anódino e extemporâneo o apelo à ordem que estava implícito nos poemas de *Lavorare stanca*. Ainda mais porque não se tratava de um resgate da tradição lírica italiana que vai de Petrarca a Leopardi, algo que Ungaretti mesmo havia feito no livro *Sentimento del tempo* (1933), retemperado no simbolismo francês, especialmente em Mallarmé. Pavese propunha com o seu magro cancioneiro de 1936, composto de 45 poemas, uma outra compleição poética, na qual versos de corte antigo, em anapestos greco-latinos não rimados, buscavam dar forma a aspectos mais ou menos idealizados da experiência cotidiana.

Na base, seu programa consistia em desespiritualizar a poesia, desliricizá-la, desmusicalizá-la, aproximando-a do mundo físico, concreto e orgânico. Anotou Pavese no reverso de uma cópia do poema "Mania di solitudine":

> Meu trabalho consiste em articular uma construção que, por uma correspondência de suas partes, seja autônoma, e em

que a matéria seja feita de uma realidade que viva por meio de relações animadas, *não de imagens externas*, mas de equivalências e misturas entre vários dos aspectos mais emergentes e sintéticos desta realidade. Substituo a imagem colorista ou musical — fantasiosa — pela construção ponderada da própria realidade de que trato.

No entanto, paradoxalmente, o resultado dessa operação é uma espécie de platonismo radical invertido: os objetos do mundo sensível deixam de ser um pálido reflexo das ideias eternas para se tornarem a fonte mesma da perfeição e da verdade, desprendidos da materialidade do que existe. Por isso, a certa altura de suas especulações sobre o cerne de sua arte poética, a *analogia*[20] se torna um conceito fundamental, articulando imagens autônomas numa unidade que participa da totalidade do "livro" —, e Pavese jamais aceitaria que *Lavorare stanca* fosse considerado uma simples coletânea de poemas. O esforço de elaboração mental despendido nessa conversão foi enorme. Daí os poemas parecerem ao mesmo tempo tão simples e tão trabalhados (no duplo sentido italiano de *"lavorato"* e *"travagliato"*, trabalhado e torturado): "cosa mentale"[coisa mental], paisagem abstrata.

Toda a sua energia, então, se voltará para ordenar a desordem, eliminar o que pudesse haver de caprichoso em seus

---

20 A analogia em Pavese tem pouco a ver com o *correlativo objetivo"* eliotiano, definido como "um grupo de objetos, uma situação, uma cadeia de eventos que será a fórmula daquela emoção específica". Em vez de ser a ponte que conecta a *forma artística* a uma *emoção específica*, a analogia pavesiana associa uma forma (imagem) a outra, permanecendo um procedimento interno ao poema, sem remeter a uma subjetividade que lhe é exterior. Cf. T. S. Eliot, *Obra completa*. Trad., introd. e notas de Ivan Junqueira. São Paulo: Arx, 2004. V.1: Poesia.

poemas, abolir o acaso e o aleatório; ou seja, pôr em ato uma espécie de "modernidade conservadora", respaldada numa poética que, assimilando alguns elementos modernos, mantivesse sob controle os impulsos dispersivos, subjetivos e autodestrutivos dos seus contemporâneos. A tensão implícita nesses movimentos contrários e contraditórios em relação à lírica moderna foi bem percebida por Dominique Fernandez:

> Toda a beleza formal de *Trabalhar cansa* consiste em certa maneira vigilante e ardente de nunca deixar escapar a realidade, de participar, de aderir à existência bruta e opaca do mundo exterior [...]. Pavese só recorreu a uma técnica tão intransigente de tomada direta sobre o real porque ele estava a todo momento torturado pelo medo de deixar escapar o real. Uma proclamação tão apaixonada de uma objetividade tão exclusiva trai justamente a ausência de uma relação equilibrada entre homem e mundo, aquilo que se chama relação objetiva, bem como o desejo violento do poeta — mas apenas o desejo — de estabelecer por sua própria conta uma tal relação.[21]

O escritor, que na vida privada experimentou intensamente o sentido de *inappartenenza* [não pertencimento] montaliano, ao contrário de Montale, sempre relutou em confrontar a inautenticidade do real ou a sua própria alienação. Os vínculos entre o "desejo violento" de objetividade e uma *alienação* de fundo se tornam tanto mais ambíguos quando se sabe que, para Pavese, a poesia e a literatura tinham antes de tudo uma função social a cumprir: tornar claros os mitos do

---

21 Dominique Fernandez, *Le Roman italien et la crise de la conscience moderne*. Paris: Bernard Grasset, 1958, pp. 155-6.

seu tempo e comunicá-los ao outro. Isso porque, no fim das contas, suas reflexões estéticas sempre estiveram submetidas a um imperativo ético ideal, como se naqueles poemas criados sobre uma paisagem elementar — as colinas, o mar, o sol, o vinhedo, as nuvens, o sangue; mas também camponeses, bêbados, operários, prostitutas e adolescentes em pânico — o poeta tivesse o dever de revelar um mundo moral que havia sido esquecido ou perdido. Dessa perspectiva, o projeto literário de Pavese pode ser definido como o de um "intelectual engajado", cujas ações e ideias, ao contrário das de um intelectual militante, pressupunham um horizonte problemático onde não cabiam soluções fáceis. Leia-se a propósito a recente releitura que Benoît Denis fez dessa figura central do século xx:

> O escritor engajado não acredita que a obra literária remeta apenas a ela mesma e que encontre nessa autossuficiência a sua justificação última. Ao contrário, ele a pensa atravessada por um projeto de natureza ética, que comporta uma certa visão do homem e do mundo, e ele concebe, a partir disso, a literatura como uma iniciativa que se anuncia e se define pelos fins que persegue no mundo [...]. Para ele, escrever volta a supor um ato público no qual ele empenha toda a sua responsabilidade [...]. Os seus textos manifestam as contradições e as dificuldades de uma empreitada onde a política, avaliada pelo lado da moral, aparece, frequentemente, mais como um mal necessário do que como uma escolha positiva.[22]

---

22 Benoît Denis, *Literatura e engajamento: de Pascal a Sartre*. Trad. de Luiz Roncari. Bauru: Edusc, 2002, pp. 35-6.

Encontrar a forma exata que cumprisse essa função ética era o problema por excelência de Pavese, pois para ele não bastava simplesmente assumir a "iniciativa" de aderir ao presente, confiando apenas na justeza dos fins ou nas boas intenções: era necessário construir uma obra que ao mesmo tempo materializasse o instante e "eternizasse o transitório", tal como Baudelaire definira o ideal estético da arte moderna. Noutras palavras, para alcançar um fim ideal havia primeiramente que descobrir o meio ideal. O paradoxo é que a descoberta dessa forma ideal — o "seu" verso — por sua vez implicava um fechamento radical das possibilidades poéticas, uma camisa de força que acabou por limitar tanto a sua capacidade de comunicar a experiência concreta, objetiva, histórica quanto a possibilidade de transcendê-la através da arte, aqui entendida no sentido etimológico de *técnica*. "São tantas as estradas da poesia", escrevera Pavese em 1931, no ensaio sobre a *Spoon River Anthology*, de Edgar Lee Masters.[23] Só que naquela altura ele mesmo já estava decidido a trilhar um só caminho, e de mão única.

Antes de prosseguir, transcrevo um depoimento de Natalia Ginzburg, que conviveu muitos anos com o escritor, trabalhou com ele na editora Einaudi e soube perceber com perspicácia a corrosão interna do modelo, da busca formal, da autoimposição pavesiana de "construir na arte e construir na vida, expulsar o voluptuoso da arte assim como da vida":

---

23 Cf. Cesare Pavese, *Saggi letterari*, op. cit., p. 72.

Italo Calvino e Natalia Ginzburg.

Pavese cometia erros mais graves que os nossos. Porque nossos erros eram gerados por impulso, imprudência, estupidez e candura; e os erros de Pavese, ao contrário, nasciam da prudência, da astúcia, do raciocínio e da inteligência. […] O imprevisto incomodava-o. Não gostava de ser pego de surpresa. Falara em se matar durante anos. Nunca ninguém acreditou nele.[24]

LITERATURA COMO MISSÃO

Pavese levava extremamente a sério o trabalho de escritor, tanto que essa seriedade foi estendida à própria vida, não

---

24 Natalia Ginzburg, *Lessico familiare*. Turim: Einaudi, 1963. Ed. bras. *Léxico familiar*. Trad. de Homero Freitas de Andrade. São Paulo: Companhia das Letras, 2018, p. 216.

por acaso definida em seu diário como "ofício". No entanto, escrever poemas nunca foi algo fácil ou *natural* para ele. "*Non esisteva una 'natura' di poeta, per lui; era tutto rigorosa autocostruzione volontaria*",[25] observou Calvino em 1960, numa entrevista a Carlo Bo. Em várias cartas, sobretudo aquelas enviadas ao amigo Mario Sturani entre 1925-7, Pavese se lamentava de não ter a facilidade que o próprio Sturani, artista plástico, tinha. Nos vinte anos de dedicação quase exclusiva à literatura (1930-50), foi de fato um literato exemplar, o "homem-livro", como às vezes se referia a si e como ficou conhecido entre os colegas — o que faz lembrar o "*homme-plume*" Flaubert e o "*penman*" joyciano.

Quando cursava o clássico no Liceu Massimo D'Azeglio, entre 1923-6, Pavese escrevia cartas entusiasmadas — outras, desiludidas — aos colegas, nas quais manifestava sua devoção à poesia como a um absoluto de pura intuição e expressão. Sinal de que, naquela altura, já havia assimilado a lição de Benedetto Croce,[26] o modelo de reflexão estética da época. Enquanto se exercitava em traduções do latim, grego e inglês, Pavese escrevia pequenas peças, farsas, epigramas, poemas longos e curtos em que a intuição ainda não encon-

25 Italo Calvino, op. cit., p. 2727.

26 "... a arte é visão ou intuição. O artista produz uma imagem ou fantasma; e quem aprecia a arte dirige o olhar para o ponto que o artista lhe apontou, olha pela fresta que ele lhe abriu e reproduz em si aquela imagem. 'Intuição', 'visão', 'contemplação', 'imaginação', 'fantasia', 'figuração', 'representação' e assim por diante são palavras que recorrem continuamente, quase sinônimos no discorrer acerca da arte, e que todas elevam nossa mente ao mesmo conceito ou à mesma esfera de conceitos, indício de um conceito universal", diz Benedetto Croce, em seu *Breviário de estética — Aesthetica in nuce*. Trad. de Rodolfo Ilari Jr. São Paulo: Ática, 1997, pp. 35-6. Lendo os apêndices de *Lavorare stanca*, percebe-se quanto Pavese aspirava a dar uma forma a esse "universale consenso" da arte, conquanto não partilhasse o menosprezo de Croce pelos meios "físicos" — "*l'arte non è un fatto fisico*", afirmava o filósofo — para alcançá-lo.

44

trara sua forma. A distância que separa esses exercícios dos poemas "Antenati", "Paesaggio I" ou "Lo steddazzu" é grande: neles se observam o uso frequente do tradicional hendecassílabo italiano (equivalente ao decassílabo português), o uso de vocativos, a tendência ao canto romântico em primeira pessoa, o verso rimado e temas da Antiguidade clássica. Um desses poemas anteriores a *Lavorare stanca*, escrito quando Pavese tinha dezoito anos e enviado numa carta a Sturani, narra em versos hendecassílabos uma suposta tentativa de suicídio. Vale a pena reproduzi-lo aqui:

Sono andato una sera di dicembre
per una strada buia di campagna,
tutta deserta, col cuore in tumulto.
Avevo dietro me una rivoltella.
Quando fui certo d'esser ben lontano
d'ogni abitato, l'ho rivolta a terra
ed ho premuto.
           Ha sussultato al rombo,
d'un rapido sussulto che mi è parso
scuoterla come viva in quel silenzio.
Davvero mi è tremata tra le dita
alla luce improvvisa che sprizzò
fuor della canna.
           Fu come lo spasimo,
l'ultimo strappo atroce, di chi muore
di una morte violenta.
           L'ho riposta
ancor tiepida, allora nella tasca
e ho ripreso la via.
           Così, andando
tra gli alberi spogliati, immaginavo

quando afferrando quella rivoltella,
nella notte che l'ultima illusione
e i terrori mi avranno abbandonato,
io me l'appoggerò contro una tempia,
il sussulto tremendo che darà,
spaccandomi il cervello.[27]

[janeiro de 1927]

Precisamente por ainda não terem encontrado aquela que será a *sua* forma e por repetirem de modo bastante evidente esquemas decalcados de poetas *fin-de-siècle*, sobretudo Gabriele D'Annunzio e Giovanni Pascoli, esses poemas foram excluídos do cancioneiro.[28] A título de confirmação, veja-se mais esta composição anterior a *Lavorare stanca*:

27 Numa tradução livre: "Segui numa noite de dezembro/ Por uma estrada escura do campo/ toda deserta, com o coração agitado./ Levava comigo um revólver./ Quando tive certeza de que estava bem longe/ de todas as casas, apontei-o para o chão/ e apertei o gatilho./ Ele saltou com o estampido/ um pulo rápido que me pareceu/ um tremor vivo naquele silêncio./ De fato tremeu-me entre os dedos/ à luz repentina que partiu/ para fora do cano./ Foi como um espasmo,/ o último impulso atroz de quem morre/ de morte violenta./ Recoloquei-o/ ainda quente no bolso/ e retomei a estrada./ Assim, seguindo/ entre as árvores desfolhadas, imaginava/ quando, retomando aquele revólver/ na noite em que a última ilusão/ e os terrores me terão abandonado,/ eu o apoiarei numa têmpora/ e tremor tremendo que ele dará/ ao romper-me a cabeça". Cesare Pavese, *Le poesie*, op. cit., p. 198. Em resposta a essa carta-poema, Sturani enviou-lhe um belo e irônico retrato a lápis intitulado *Pavese morto*.

28 Além da grande quantidade de poemas escritos antes de "I mari del Sud", Pavese também excluiu pelo menos 29 composições elaboradas entre 1931 e 1940, as quais, apesar de trazerem a marca dos longos anapestos, já estão a meio caminho entre os poemas de *Lavorare stanca* e o lirismo sentimental de *Verrà la morte e avrà i tuoi occhi*. Esse conjunto de poesias se encontra na seção "Attorno a *Lavorare stanca* 1931-1940" em Cesare Pavese, *Le poesie*, op. cit., pp. 301-4.

O Titano fallito
senza rupe e catena,
senza pure l'enorme grandezza
del dolore del mondo,
non sconvolgerti piú.
Nella folla che passa,
o fantoccio da ridere,
piega il capo e scompari.
Ma non muovere piú, non fiatare,
accasciati per sempre
dentro il gorgo piú buio.
Ché, passando lontano,
un'altr'ombra gigante
non ti riaccenda in petto
le tue stelle tremanti.[29]

[23 de maio de 1928]

Dois anos depois de compor essa ode a um Prometeu decadente,[30] sumido no meio da massa, Pavese fará sua revolução ao escrever "I mari del Sud". Aliás, 1930 será um ano-chave na trajetória do escritor: defende a tese sobre Walt Whitman, começa a fazer trabalhos de tradução com *Il nostro Signor Wrenn*, de Sinclair Lewis — *Moby Dick*, que o consagra-

---

29 "Ó Titã falido/ sem penhasco nem corrente,/ sem a enorme grandeza/ da dor do mundo,/ não se aflija mais./ Na multidão que passa,/ ó fantoche risível,/ dobre a cabeça e desapareça./ Não se mova, não respire,/ afunde para sempre/ dentro da voragem mais escura./ E que, passando ao longe,/ uma outra sombra gigante/ não reacenda em seu peito/ suas estrelas trêmulas." Id., ibid., p. 232.

30 A referência mitológica é inspirada no poema dramático "Prometheus unbound", de Percy B. Shelley, do qual Pavese fez uma versão em prosa. Cf. *Prometeo slegato*. Org. de Mark Pietralunga. Trad. de Cesare Pavese. Turim: Einaudi, 1997.

ria como tradutor, o ocuparia no ano seguinte —, escreve os primeiros ensaios para a revista *La Cultura* — da qual se torna diretor em maio de 1934 — e inicia o livro de poesia. Portanto, a sua lenta aquisição de capital simbólico começa precisamente a partir de 1930. Mas aquele ano iniciático foi também um período de perda e decepções: além de sofrer a morte da mãe, o recém-diplomado em letras inglesas não conseguiu a vaga de assistente na Universidade de Turim e teve recusado o pedido de bolsa de estudos à Columbia University, em Nova York. O fato é que, depois da tentativa frustrada de estudar em outro país, Pavese jamais saiu da Itália, nem mesmo para a França ou a Suíça, tão próximas de Turim; o escritor cosmopolita, que em parte recusava a tradição literária italiana, passou a vida inteira na península. Esses fracassos iniciais não impediram que duas décadas mais tarde ele se tornasse uma referência no quadro da cultura italiana. O Prêmio Strega, em 1950, ao volume de novelas *La bella estate*, só confirmou o prestígio crescente do escritor.

Porém o percurso até a consagração foi longo e acidentado. A primeira edição de *Lavorare stanca* na revista *Solaria*, por exemplo, só aconteceu graças à insistência do amigo Leone Ginzburg, que já em 3 de setembro de 1932 escrevia a Alberto Carocci, diretor da revista e editora:

> Egrégio senhor: enviei a Leo Ferrero três poesias de um amigo meu — "I mari del Sud", "Antenati", "Il vino triste" — esperando que *Solaria* pudesse publicá-las. Há algum tempo Ferrero escreveu-me dizendo que essas poesias […] *não haviam encontrado* [acolhida] *na redação da revista*, de modo que dificilmente seriam publicadas.[31]

---

31 Cf. Cesare Pavese, *Le poesie*, op. cit., p. vi da Introdução.

Pavese no Prêmio Strega, jun. 1950.

Como se sabe, após muitas negociações e o apoio decisivo do romancista Elio Vittorini, *Solaria* editaria *Lavorare stanca*, lançado em janeiro de 1936.

Em 1934, enquanto continuava escrevendo os poemas do livro e publicava sua tradução de *Dedalus* (*Retrato do artista quando jovem*), de Joyce, a política de Mussolini recrudescia. Em maio daquele ano, todo o grupo de amigos que formava o movimento antifascista Giustizia e Libertà foi preso, e Pavese, por ser politicamente insuspeito, assumiu a direção da revista *La Cultura*, antes editada por Leone Ginzburg. No início de 1935 saem pela Mondadori as traduções novas de *Il 42° parallelo* e *Un mucchio di quattrini*, de John dos Passos. Mas em maio foi a sua vez de ser preso, não tanto por ser diretor de

La Cultura, mas por ter intermediado a correspondência entre sua amante, Battistina Pizzardo (a "Tina" a quem ele dedica vários poemas), e um amigo clandestino. Pavese vai cumprir pena de três anos em Brancaleone, Calábria. É nesse fim de mundo, distante da vida ativa de Turim, que ele começa a escrever, em 6 de outubro de 1935, o diário *Il mestiere di vivere*. É lá também que escreverá os poemas em que o objetivismo inicial cede lugar ao realismo simbólico da última fase. Em "Luna d'agosto", "Poggio Reale",[32] "Mito" e "Lo steddazzu"[33] as narrativas características da primeira fase — "I mari del Sud", "Antenati", "Pensieri di Deola" — se dissolvem em instantâneos impressionistas nos quais a violência, a morte, o vazio e a solidão se impõem inapelavelmente.

Elio Vittorini e Pavese em um evento da editora Einaudi.

[32] Nome do cárcere de Nápoles onde o escritor provavelmente esteve preso, durante sua transferência do Piemonte à Calábria.
[33] Dos dezesseis poemas escritos em Brancaleone, oito chegaram a ser incluídos na edição princeps, que no segundo semestre de 1935 já estava em fase de provas: "Ulisse", "Atavismo", "Avventure", "Donne appassionate", "Terre bruciate", "Paesaggio vi", "Poggio Reale" e "Luna d'agosto".

Depois de escrever uma carta a Mussolini se retratando e pedindo a redução da pena, Pavese retorna a Turim em 19 de março de 1936. *Lavorare stanca* já estava nas livrarias; e sua amante, Battistina, "*la donna dalla voce rauca*" que aparece em tantos poemas, estava prestes a se casar com outro. Nas cartas e em vários depoimentos de amigos ressurge o tema do suicídio. Para não sucumbir à crise, Pavese retoma as traduções e começa a trabalhar regularmente na editora Einaudi. Em 1937 sai pela Bompiani *Uomini e topi* [*Ratos e homens*], de John Steinbeck, e em 1938 consegue a proeza de traduzir e publicar pela Einaudi as *Fortune e sfortune della famosa Moll Flanders*, de Daniel Defoe, e a *Autobiografia di Alice Toklas*, de Gertrude Stein, além de rever muitas traduções alheias, examinar obras inéditas, escrever contos e iniciar sua primeira novela, *Il carcere*, inspirada na experiência do *confino* e publicada dez anos depois no volume *Prima che il gallo canti*.

Apesar da intensa atividade, em 1938 o escritor só havia publicado de seu os poemas de *Lavorare stanca*, solenemente ignorado pela crítica. Fora dos círculos restritos de Turim ou Florença, Pavese ainda não passava de um tradutor de autores norte-americanos malvistos pela cultura oficial. Para que sua obra começasse a merecer atenção, foi necessário o sucesso do breve romance *Paesi tuoi* (1941). Um dos primeiros críticos a se manifestar foi Mario Alicata. Num artigo em que elogiava *Paesi tuoi*, Alicata criticava *Lavorare stanca*:

> Resultados poéticos realmente pouco felizes, naqueles metros longos e frouxos de sua juventude [...] ele, que não é toscano, não pode ser socorrido pela feliz e espontânea identidade entre língua falada e língua escrita.[34]

---

34 Mario Alicata, *Scritti letterari*. Milão: Il Saggiatore, 1968, pp. 84-5.

Três anos após essa sumária condenação de Alicata, quando já havia sido lançada a edição definitiva dos poemas, o principal nome da nova crítica dava seu veredicto sobre a poesia do autor turinense, chegando a colocar em dúvida, crocianamente, se aqueles textos poderiam mesmo ser considerados obra de poesia: "Poesia pura esta não é, com certeza; tampouco é certo que se trate sequer de poesia".[35] Mesmo o velho Emilio Cecchi, que havia acolhido *Paesi tuoi* com entusiasmo, manifestava perplexidade diante da poesia pavesiana: "Sua constante recusa de qualquer efeito eloquente deixa uma impressão de autêntica frieza e aridez".[36]

Um dos poucos críticos que expressaram um juízo favorável a respeito de *Lavorare stanca* foi Carlo Dionisotti. Em artigo de 26 de agosto de 1945 publicado no *Nuova Europa*, dizia:

> Rompeu-se o encanto da poesia monódica, da assim chamada lírica [...] as palavras que são faladas reservadamente por homens sem um nome próprio na terra receberam mais uma vez um ritmo de epopeia e de lenda, graças a esse verso longo de treze a dezesseis sílabas, com uma cesura mediana apenas

35 Gianfranco Contini, *Altri esercizi*. Turim: Einaudi, 1972, p. 172. Contini voltaria à carga em sua antologia *Letteratura dell'Italia unita 1861-1968*, que, apesar de incluir um poema de *Lavorare stanca* ("Semplicità"), comentava: "A reunião de versos *Lavorare stanca* saiu pelas Edições de Solaria em 1936, enquanto o autor estava exilado no *confino*; e não teve grande eco, talvez pela natureza não aristocrática desses versos longos, à la Whitman, quase obra populista de um solipsista, totalmente em desacordo com o hermetismo vigente; mas neles já tomavam forma os mitos da infância nas Langas e da periferia turinense, tão decisivos para o narrador" (p. 1003).

36 Emilio Cecchi, "Prospettiva su Pavese". In: Walter Binni e Riccardo Scrivano (Orgs.). *Antologia della critica letteraria*, 2. ed. Milão: Giuseppe Principato, 1968, pp. 1097-101.

perceptível, que exclui todo compromisso com a música e com o canto, toda aceleração e ênfase declamatória.

Como se pode notar pela data em que foi escrito, o artigo de Dionisotti já refletia o clima e as promessas do pós-guerra. Tanto na atitude crítica de Contini e Cecchi quanto na exaltação de Dionisotti se percebem os embates estéticos e ideológicos da época: os dois primeiros, ligados seja a uma visão clássica e ainda tradicional da poesia (Cecchi), seja ao cânone modernista (Contini), rechaçavam em Pavese a "aridez", a falta de sintonia com o "hermetismo vigente" e o seu populismo[37] "não aristocrático", elementos que de fato eram constitutivos da poética pavesiana; já o segundo queria fazer do escritor turinense um precursor da "epopeia" dos novos tempos — leia-se, a epopeia do comunismo que estaria por vir —, e muitos dos elogios que foram feitos à obra de Pavese, sobretudo nos anos 1950 e 1960, eram devedores dessa promessa.

Mas antes que os primeiros comentários da crítica começassem a circular em torno de sua obra, o que só ocorreu

37 Sobre a questão do populismo em Pavese, veja-se este comentário de Alberto Asor Rosa, que em parte contradiz as afirmações de Contini: "A inspiração mais genuína de Pavese não se move em direção ao populismo. Ainda mais significativo é o fato de que Pavese, burguês até a medula dos ossos, homem culto e inteligente, também sentisse a necessidade de cortejar o populismo. Evidentemente sofria as pressões de um ambiente e de uma cultura e, por sua vez, reagindo positivamente, contribuía a cria-las e a fortalece-las. Também Pavese, quando sentiu a necessidade de ser escritor social, foi populista: e o foi necessariamente do modo absurdo e veleitário que lhe era permitido por sua ligação meramente cultural e intelectualista com o povo". Nesta passagem final, Asor Rosa certamente se refere à série de artigos panfletários "Dialoghi col compagno", publicados originalmente no jornal *L'Unità* entre maio e junho de 1946, e ao romance militante *Il compagno*, de 1947. Alberto Asor Rosa, *Scrittori e popolo: saggio sulla letteratura populista in Italia*. Perugia: Samona e Savelli, 1969, p. 152.

após a publicação de *Paesi tuoi*, o escritor já armara em torno de si um cerco de proteção. Em 1938, ano em que escreve *Il carcere*, Pavese se torna o todo-poderoso editor da Einaudi, um "ditador editorial" como se autointitulava ironicamente (mas nem tanto). Todos os que trabalharam com ele entre 1938 e 1950 chamaram a atenção para o seu rigorismo, a precisão de relojoeiro em tudo o que fazia, a seriedade com que tratava a obra alheia e, acima de tudo, a própria. Afirmou Calvino em um testemunho de 1953:

> Dele era fundamental seu exemplo de trabalho, ver como a cultura do literato e a sensibilidade do poeta se transformavam em trabalho produtivo, em valores postos à disposição do próximo, em organização e troca de ideias, em prática e escola de todas as técnicas em que consiste uma civilização cultural moderna [...]. Minha vida turinense traz toda a sua marca; ele era o primeiro a ler cada página que eu escrevia.[38]

Já Armanda Guiducci, em seu amplo estudo *Il mito Pavese*, de 1967, via nesse culto ao trabalho um aspecto da ética protestante, absorvida até a medula pelo "pequeno-burguês" Pavese. É uma leitura possível, embora um tanto esquemática.[39]

Operosidade, organização, eficiência, técnica. Tais eram os atributos que os amigos mais próximos destacavam nele, devolvendo-lhe uma imagem de segurança inabalável que correspondia àquela do piemontês laborioso e estoico, talhada

---

38 Italo Calvino, op. cit., p. 2706.

39 No mesmo ano, Guiducci publicava outro livro no qual aplicava as mesmas categorias sociológicas ao teórico marxista Galvano della Volpe, qualificado de "autêntico calvinista". Cf. Armanda Guiducci, *Dallo zdanovismo allo strutturalismo*. Milão: Feltrinelli, 1967.

de modo proverbial por Vittorio Alfieri em sua autobiografia *Vita*, mito do qual Pavese necessitava para levar a cabo seu projeto singular. Um dos indícios mais surpreendentes dessa eficiência está na regularidade cronológica do itinerário pavesiano: dez anos durou a elaboração do ciclo poético, outros dez serviram para o desenvolvimento da obra narrativa, e em quinze anos estava concluído o seu diário, pronto para publicação póstuma — talvez o único caso de diário intrinsecamente literário, no qual há um autor que se refere a si mesmo na segunda pessoa — "tu escreveste", "tu pensaste", "tu quiseste" — como se ele, o autor-narrador, coincidisse com uma personagem que desde o início soubesse qual seria o final da narrativa.

Editor e amigo, Giulio Einaudi.

Durante doze anos, de 1938 a 1950, Pavese foi passo a passo elaborando e dando espessura à sua obra, toda ela feita no trajeto entre o escritório da Einaudi e a casa da irmã, Maria, em Via Lamarmora, 35, onde tomava a sua sopa concentradamente e quase sem abrir a boca. A exceção ficou por conta de suas temporadas em Roma, para onde foi enviado no primeiro semestre de 1943 a fim de cuidar da filial da editora, ao lado de Mario Alicata, Carlo Muscetta e Antonio Giolitti; e no período mais crítico da guerra, de setembro de 1943 a abril de 1945, quando se refugia no interior do Piemonte, primeiro em Serralunga di Crea e depois em Casale Monferrato, usando o pseudônimo Carlo de Ambrogio.

Terminada a guerra, Pavese se inscreve no Partido Comunista Italiano. Diretor de uma casa editorial que ganhava cada vez mais prestígio no campo intelectual, tradutor reconhecido, exemplo para muitos escritores da geração sucessiva, Pavese terminou por se impor na década de 1940 como uma figura incontornável na cena cultural do país. E isso se deu não só pela importância de sua obra e pelo papel de intelectual que ele desempenhou, mas também porque soube administrar com uma rara habilidade o seu capital simbólico, adiando por cerca de dez anos a publicação de novelas como *La bella estate* e *Il carcere*, publicando imediatamente outras, como *Dialoghi con Leucò* e *Il compagno* (ambas de 1947, mas radicalmente opostas como proposta estética e visão do mundo), intervindo polemicamente no debate político, desconcertando antigos mestres como Augusto Monti. Tudo isso para culminar no *potlatch* de 26 de agosto de 1950, com o qual ele finalmente pôs um fecho em seu projeto, tornando--se um mito (expiatório) das contradições de sua época.

TRADUZIR *TRABALHAR CANSA*

Antes de finalizar este estudo, é necessário examinar a constituição formal dos poemas de *Lavorare stanca* e, por conseguinte, explicitar as minhas próprias opções de tradução. A tarefa deve começar obviamente pela análise de "I mari del Sud", o primeiro e mais longo poema do livro, aquele que estabeleceu o padrão pelo qual Pavese se guiaria durante as décadas de 1930 e 1940. Porém, antes de passar à leitura dos textos, cabe reiterar que todas as composições do livro se originam de um verso básico: o verso quantitativo de ritmo anapéstico, constituído de uma unidade mínima formada por duas sílabas breves e uma longa. Não por acaso, o anapesto é o verso que inicia o livro e lhe dá a cadência:

Camminiamo una sera sul fianco di un colle

Este verso, que geralmente é uma tetrapodia — como no caso acima, composto de quatro pés —, com frequência se alonga numa pentapodia:

Qualche nostro antenato dev'essere stato ben solo

ou, em casos mais raros, numa hexapodia:

Non è piú coltivata quassú la collina. Ci sono le felci ("Paesaggio 1", estrofe 1, verso 1)

Mas também pode reduzir-se a apenas três pés (ou nove sílabas), o que raramente acontece no livro:

non far nulla, pensando al futuro. ("Antenati", estrofe 4, verso 3)

Muitas vezes, o verso se interrompe numa estrofe e prossegue na seguinte, ocorrendo uma *spezzatura*, como na passagem entre a penúltima e a última estrofes de "I mari del Sud":

Me ne accenna talvolta.

Ma quando gli dico

No entanto, como se pode constatar, em todos os exemplos citados se trata sempre do mesmo verso-padrão.

Além dessa mobilidade de extensão do verso, que varia entre um mínimo de três e um máximo de seis pés anapésticos, surge em muitos casos a cesura, que divide o verso em dois hemistíquios:

e poi, quando si tor/na, // come me a quarant'anni ("I mari del Sud", estrofe 2, verso 7)

in quegli occhi, un segre/to // come il grembo nascosto ("Rivelazione", estrofe 1, verso 6)

nella polvere, avanti al gara/ge, // che la imbeve di litri ("Atlantic Oil", estrofe 2, verso 5)

tace rauco e sommes/so // nel ricordo d'allora. ("La voce", estrofe 4, verso 6)

Nesses casos, em que ocorre cesura numa tetrapodia, o verso de Pavese se aproxima bastante do alexandrino.

Tal é a estrutura básica que constitui todo o cancioneiro de Pavese, embora nos poemas finais esse modelo dê sinais de afrouxamento. Porém é realmente espantoso que, vivendo num período de intensa experimentação de formas, de ritmos e até de dissolução da linguagem, um escritor tenha conseguido elaborar ao longo de dez anos um livro cujos setenta poemas, alguns com mais de três páginas, tivessem sempre a mesma matriz rítmica, além de uma forte unidade de temas e imagens.

Foi Franco Fortini quem chamou a atenção para o fato, a seu ver auspicioso, de que Pavese, antes de todos, estaria reconduzindo ou devolvendo a poesia à métrica, neutralizando com isso "*la nozione stessa di poesia moderna come soggettività assoluta*". Fortini via em Pavese, em suma, um momento de resistência em relação aos "enunciados idealistas" da lírica moderna e à mística da palavra e de retomada de um "'consenso' social", favorecido por um "'costume' métrico".

Uma nova métrica está se formando pela aceitação cada vez mais difusa — até entre os que creem de boa-fé que estão apenas introduzindo deformações ou alterações nos versos tradicionais — de alguns agrupamentos rítmicos de três, quatro (ou, mais raramente, de cinco) acentos fortes, cujo esquema foi formulado primeiramente por Pavese.[40]

Acontece que a métrica de Pavese notoriamente não tem descendência, é avessa a reapropriações e, no fim das contas, por ocupar uma posição isolada e lateral dentro da lírica italiana, está longe de favorecer qualquer tipo de "consenso social" — o que de certo modo põe em xeque a ava-

---

40 Franco Fortini, "Su alcuni paradossi della metrica moderna", *Paragone*, Florença, n. 106, out. 1968, p. 8.

liação do lukacsiano Fortini. Para além das distinções entre poesia subjetiva e objetiva (ou social), o que Pavese sempre buscou, desde o início, foi a fonte do mito, mesmo quando estava falando da gente sofrida que mora nos grandes centros urbanos ou no campo, como é o caso de "Fumatori di carta" (1932), por exemplo.

Sem mito, já repetimos, não se dá a poesia: faltaria a imersão na voragem do indistinto, que é condição indispensável à poesia inspirada [...] queremos tão somente recordar que em cada cultura e em cada indivíduo o mito é por sua natureza *monocórdio, recorrente, obsessivo*.[41] (grifo meu)

Está aí o fundamento do aspecto monocórdio, recorrente e obsessivo de *Lavorare stanca*, que buscava nesse fundo mítico, ao mesmo tempo individual e coletivo, uma força renovada para a poesia do século xx.

Como tem sido reiterado ao longo deste estudo, o projeto pavesiano de objetivação absoluta passa por várias etapas e termina desaguando no mito, o que fez com que sua poesia ao final se aproximasse das principais correntes da lírica moderna tal como foram descritas por Spitzer e Friedrich. A tentativa de neutralizar, por meio de um ato voluntário e programático, a subjetividade, o idealismo, o irracionalismo acabou sendo erodida a partir de dentro, resolvendo-se em última instância numa mitologia pessoal que se imaginava coletiva.

Esse processo de corrosão está vincado na forma do livro, no progressivo abandono de uma estética realista em

---

41 Cesare Pavese, *Saggi letterari*, op. cit., pp. 307-8.

favor de uma poética do mito, fato que Pavese explicita nos apêndices ao mesmo tempo que o oculta, ao baralhar a ordem cronológica em que os poemas foram escritos. Mas basta ir aos poemas da fase final, como "Il carrettiere", "Mattino", "Paesaggio VIII" e "Il paradiso sui tetti", para constatar a esgarçadura já discernível, em estado latente, desde o início do projeto.

Começando pelo primeiro poema, a regularidade rítmica de "I mari del Sud" contradiz a tese de que Pavese tenha chegado à sua forma intuitivamente, repetindo "uma cantilena da infância". Veja-se a primeira estrofe:

> Camminiamo una sera sul fianco di un colle,
> in silenzio. Nell'ombra del tardo crepuscolo
> mio cugino è un gigante vestito di bianco,
> che si muove pacato, abbronzato nel volto,
> taciturno. Tacere è la nostra virtú.
> Qualche nostro antenato dev'essere stato ben solo
> — un grand'uomo tra idioti o un povero folle —
> per insegnare ai suoi tanto silenzio.

Com exceção da última linha, um hendecassílabo italiano, todas as demais são anapestos perfeitos. O primeiro verso evoca imediatamente o "Sempre caro mi fu questo ermo colle", de Leopardi, mas todo o resto é um *desvio* da poesia do *Infinito* (semelhante ao clinâmen que Pavese opera em relação a Walt Whitman). A começar pela substituição do tradicional hendecassílabo italiano — que aparece apenas como resquício de efeito dissonante, no último verso da estrofe — pelo anapesto de quatro (versos 1 a 5 e 7) ou cinco pés métricos (verso 6). Não há rima, embora haja assonância entre *"colle"*, *"volto"*, *"solo"*, *"folle"*. E os versos são na maioria graves (ou paroxítonos, em acordo com a tendência da língua italiana), podendo também ser agudos (verso 5) e esdrúxulos (verso 2).

Dos 102 versos que compõem o poema, apenas dezessete são hendecassílabos italianos, os quais, espalhados aqui e ali, produzem uma acentuada quebra no andamento e um grande contraste em relação ao conjunto; e há também uns poucos momentos em que o ritmo anapéstico vacila. Mas em todo o resto — ou seja, em mais de 70% dos versos — prevalece a regularidade métrica e rítmica. Isso indica que, apesar de já ter estabelecido conscientemente o seu verso e de dominá-lo, Pavese ainda experimenta nesse primeiro poema contrastá-lo com a forma tradicional do hendecassílabo, coisa que não fará mais nos outros 69 poemas.

Como se pode verificar, a tradução buscou reconstituir as estruturas básicas do texto italiano, mantendo o encadeamento de *enjambements*, as assonâncias, preservando o ritmo anapéstico dos sete primeiros versos e encerrando a estrofe com um hendecassílabo italiano (o decassílabo português). Onde não foi possível manter o verso agudo, iniciei o seguinte (verso 6) com uma vogal, permitindo a elisão de uma sílaba e "compensando", assim, seu andamento:

Caminhamos de tarde nas bordas de um monte,
em silêncio. Vestido de branco, meu primo
é um gigante na sombra do lento crepúsculo,
que se move pacato, queimado no rosto,
taciturno. Calar é a nossa virtude.
Algum nosso ancestral se sentiu com certeza bem só

— um grande homem entre tolos ou pobre maluco —
para ensinar aos seus tanto silêncio.

Na estrofe seguinte, os três primeiros versos retomam o ritmo anapéstico, cada qual com doze sílabas acentuadas na terceira, sexta, nona e 12ª. Mas, nos versos 4 a 6 e 8, Pavese desloca os acentos para a segunda sílaba, ou então introduz uma cesura em verso 7, citado mais acima, desequilibrando forçosamente a cadência-padrão e aproximando o poema da prosa. Ainda nessa mesma estrofe aparecem dois hendecassílabos, nos versos 11 e 15. Os demais retomam o esquema do anapesto, e o poema seguirá basicamente o mesmo andamento, de vez em quando quebrado por um hendecassílabo. Como este que aparece no antepenúltimo verso:

sulle isole piú belle della terra,
[sobre as ilhas mais belas que há na Terra,]

Já no poema "Antenati", que segue "I mari del Sud", Pavese suprime totalmente os hendecassílabos e mantém o icto invariavelmente na terceira, sexta, nona e 12ª sílabas, como manda a marcha do anapesto. Curioso é o penúltimo verso, no qual uma palavra ("girovagare") recebe dois ictos:

Siamo nati per girovagare su quelle colline
[Nós nascemos pra[42] perambular por aquelas colinas]

---

42 Como Pavese se mantém quase sempre num registro coloquial da língua italiana, me permiti na tradução certas formas do português falado, como o "pra" do verso citado. De resto, a forma é registrada nos dicionários mais recentes, como o *Dicionário Houaiss da língua portuguesa*: "Esta prep. [para] faz contração com os artigos definidos *o, a, os, as* (e também com os pronomes demonstrativos

Na tradução, "perambular" também acolhe os dois ictos. O mesmo ocorre no segundo verso de "Paesaggio I":

e la roccia scoperta e la sterilità.
[e uma pedra despida e só esterilidade.]

Interessante também é o icto mecânico[43] que se verifica no poema "Paternità" (1933), única ocorrência em todo o livro:

e ciascuno, bevendo da solo, ripenserà a lei.
[cada um deles, bebendo sozinho, repensará nela.]

Afora essas pequenas variantes, o verso pavesiano mantém o compasso sem fissuras até pelo menos 1935, quando um excesso de cesuras começa a perturbar a regularidade rítmica. Isso pode ser percebido nitidamente nos poemas do confinamento, como em "Terre bruciate":

A Torino si arriva di sera
e si vedono su/bito // per la strada le donne
maliziose, vestite per gli o/cchi, // che camminano sole.
Là, ciascuna lavo/ra // per la veste che indossa,
ma l'adatta a ogni luce. Ci sono colori
da mattino, colo/ri // per uscire nei viali,
per piacere di notte. Le donne, che aspettano

---

homônimos): *pra, pro, pras, pros*. Uso coloquial e não raro se encontra no português escrito do Brasil, inclusive no literário". Cf. Antonio Houaiss e Mauro de Salles Villar, *Dicionário Houaiss da língua portuguesa*. Rio de Janeiro: Objetiva, 2001, p. 2275.

43 Em oposição ao icto vocal, o mecânico é aquele em que o acento obrigatório do verso não coincide com a acentuação normal da palavra.

e si sentono sole, conoscono a fondo la vita.
Sono libere. A lo/ro // non rifiutano nulla.

No mesmo poema há ainda um verso anômalo em relação aos demais, que rompe com o ritmo do anapesto:

Ce ne sono di libere che fumano sole. (estrofe 4, verso 1)

Uma cesura em "*li/bere*" faria com que o icto seguinte recaísse sobre a oitava sílaba. A menos que se considere que há uma sinérese imperfeita em "*libere*"/"*libre*", a qual restituiria a normalidade ao verso. Mas esse procedimento é raríssimo em Pavese, assim como seu oposto, a diérese.

Semelhante encadeamento de versos com cesura se vê nas estrofes finais de "Donne appassionate" (1935):

Ci son occhi nel ma/re, // che traspaiono a volte.
Quell'ignota stranie/ra, // che nuotava di notte
sola e nuda, nel bu/io // quando muta la luna,

No entanto, o esquema rítmico de *Lavorare stanca* só entra mesmo em colapso nos poemas escritos entre 1938 e 1940. Neles parece haver uma desistência da forma e, finalmente, do próprio projeto que veio sendo delineado até aqui.

Um poema que chama a atenção por seus contorcionismos é "La notte" (1938), no qual a forma ainda se mantém, mas é levada ao limite. Leia-se a seguinte passagem entre a segunda e terceira estrofes:

Talvolta ritorna nel giorno
nell'immobile luce del giorno d'estate
quel remoto stupore.

Per la vuota finestra
il bambino guardava la notte sui colli
freschi e neri, e stupiva di trovarli ammassati:
vaga e limpida immobilità. Fra le foglie

Temos aqui uma sucessão de *spezzature* com cesura (*"quel remoto stupo/re. Per la vuota finestra"*), dois ictos que recaem sobre uma única palavra (*"immobilità"*), acelerações abruptas (*"freschi e neri"*) seguidas de cesura (*"e stupi/va di trovarli ammassati"*). Para não falar na atmosfera mágica e crepuscular de sequências iterativas como *"e la vita era un'altra, di vento, di cielo,/ e di foglie e di nulla"*, que rompem com a dicção naturalista dos primeiros poemas.

Já em "Paesaggio VIII" (1940) as rupturas rítmicas e formais são mais profundas. A alteração mais visível é o encurtamento do verso. Veja-se a primeira estrofe:

I ricordi cominciano nella [ ] sera
sotto il fiato del vento a levare il [ ] volto
e ascoltare la voce del fiume. [ ] L'acqua
è la stessa, nel buio, degli anni [ ] morti.

Percebe-se que o quarto pé da tetrapodia perdeu uma posição [ ], resultando num verso de pé-quebrado, com onze sílabas. Apenas um verso do poema mantém a estrutura anapéstica regular:

Un'estate di voci. Ogni viso contiene (estrofe 2, verso 5)

Não por acaso este verso se encontra exatamente no centro do poema, seccionando-o em duas partes de oito versos

distribuídos em estrofes irregulares. "L'acqua è la stessa" —
só muda quem nela entra.

Se comparado a "Paesaggio i", esse poema é de uma abs-
tração e de um grau metafórico que extrapolam inteiramente
a poética postulada no início dos anos 1930: já não há per-
sonagens humanas, nem enredo, sequer uma materialida-
de forte. Tudo aqui é *"silenzio"* e *"ombra vaga"*, vozes mortas
e remotas. O poema se abre definitivamente ao *mito*, pedra
angular da obra posterior de Pavese. Em "Paesaggio i", era o
tempo presente que se apresentava em todo o seu vigor, à luz
do sol; aqui, é o tempo noturno da rememoração, da nostal-
gia e da destruição, que culmina no intenso final:

> *Le voci morte*
> *assomigliano al frangersi di quel mare.*

Uma vez violado o ritmo monótono do anapesto, Pavese
se permite avançar ainda mais no desmantelo de sua forma
em "Estate", escrito no mês seguinte a "Paesaggio viii". O pri-
meiro verso de "Estate" é bastante ilustrativo desse desmem-
bramento da estrutura-padrão que se mantivera praticamen-
te inalterada até ali:

> *C'è un giardino [ ] chiaro, fra mura [ ] basse,*

As lacunas agora abrem vazios no segundo e no quarto
pés, se é que se pode dizer que esse verso ainda faz parte da
tetrapodia anapéstica padrão. Bem observado, temos aí o res-
surgimento de um estranho hendecassílabo italiano, acen-
tuado na terceira, quinta e oitava sílabas. E a estrofe continua
o processo de desconstrução formal:

di erba secca e di luce, che cuoce [ ] *adagio*
la sua terra. È una luce che sa di [ ] *mare.*
Tu respiri quell'erba. [ ] *Tochi i capelli*
e ne scuoti il ricordo.

As síncopes se deslocam livremente ao longo do verso, atacando ora o quarto pé (versos 2 e 3), ora o terceiro (verso 4), mas nunca o primeiro pé, que conservará sempre duas breves e uma longa.

Na última estrofe, Pavese intensifica as variações e insere, entre os versos quebrados, o seu anapesto-padrão (versos 2 e 4) — que já aparece como vestígio de uma poética *superada*, e não como forma dominante:

Ascolti

Le parole che ascolti ti toccano appena.
Hai nel viso [ ] *calmo un pensiero* [ ] *chiaro*
che ti finge alle spalle la luce del mare.
Hai nel viso un silenzio che preme [ ] *il cuore*
con un tonfo, e ne stilla una pena [ ] *antica*
come il succo del frutti caduti [ ] *allora.*

Tanto em "Estate" quanto no último poema de *Lavorare stanca*, "Notturno", escrito em outubro de 1940, há essa voz que se dirige a uma segunda pessoa (*"hai nel viso"*, *"sei come una nube"* etc.), que será a marca dos poemas esporádicos de *La terra e la morte* e *Verrà la morte e avrà i tuoi occhi*. Curiosamente, essa é também a marca característica do diário, em que o escritor se dirige a si mesmo na segunda pessoa, monólogo travestido de diálogo. Não há mais o discurso indireto, que predominava nos primeiros poemas; nem o discurso direto ("I mari del Sud", "Due sigarette"); nem o indireto livre ou monólogo interior ("Gente che c'è stata").[44]

Todas essas transformações — as rupturas no ritmo, o aumento da carga metafórica, a mudança de foco narrativo e de tempo verbal, o tratamento de temas amoroso-sentimentais — permitem constatar, na própria materialidade sígnica dos textos, o afastamento radical da poética de "I mari del Sud", levada por Pavese ao seu limite.

Na tradução dos poemas finais, como "Paesaggio VIII", "Estate", "Mattino", "Notturno", procurei acompanhar as oscilações e síncopes do original, mas já sem a preocupação de manter uma correspondência estrita em relação ao ritmo, pois que este se libertara da regularidade absoluta. Veja-se, por exemplo, a primeira estrofe de "Notturno":

La collina è notturna, nel cielo chiaro.
[A colina é noturna no claro céu.]
Vi s'inquadra il tuo capo, che muove appena
[Ela enquadra a tua testa, que mal se move]
e accompagna quel cielo. Sei come una nube
[e acompanha esse céu. Tu pareces a nuvem]
intravista fra i rami. Ti ridi negli occhi
[entrevista entre os ramos. Sorris em teus olhos]
la stranezza di un cielo che non è il tuo.
[a estranheza de um céu que não é o teu.]

---

44 Giorgio Bàrberi Squarotti defende que, em alguns poemas, como "Gente che c'è stata" [Gente que esteve lá], Pavese se vale do *stream of consciousness*, realizando uma "audaciosa inserção dos experimentos do romance contemporâneo em suas coordenadas estilísticas". Cf. Giorgio Bàrberi Squarotti, op. cit., p. 325.

O ritmo ganha mobilidade, se aproxima do *cantabile*, enquanto a paisagem e as imagens se perdem num fundo de alheamento. A colina, expressão máxima em Pavese daquilo que é familiar, se torna noturna e *estranha* (*"stranezza"*). E a tradução também "se perde" nesse estranhamento, pois todo ato de traduzir implica alguma perda, dispêndio, ainda quando não falha. Como definiu George Steiner:

Toda tradução é insuficiente. No melhor dos casos [...] uma tradução consegue, por meio de uma autocorreção sucessiva, aproximar-se cada vez mais das demandas do original, traçando tangentes que se lhe acercam sempre mais. Mas nunca poderá chegar a uma circunscrição total.[45]

Ao atingir este ponto extremo do projeto, vê-se que o temor ao irregular, ao sombrio, ao elíptico e alusivo, a tudo aquilo, enfim, que fora recalcado ao longo de anos de disciplina tenaz, acaba cedendo e deixando vir à tona uma obscuridade luminosa. Sem dissolver de todo o metro e a sintaxe, evitando ainda o caoticismo e o fragmentário da lírica moderna, nos poemas de 1939 e 1940 — escritos já sob uma nova guerra — Pavese parece ter esgotado sua munição e se rendido às forças do tempo, que já não permitiam a clareza meridiana a que o escritor sempre aspirou.

---

45 George Steiner, *After Babel: Aspects of Language and Translation*. Oxford: Oxford University Press, 1976, p. 269. Ed bras: *Depois de Babel: Questões de linguagem e tradução*. Trad. de Carlos Alberto Faracco, Curitiba: UFPR, 2005.

Embora ainda não haja propriamente uma edição crítica das poesias de Pavese, o volume *Le poesie* publicado pela Einaudi em 1998 é o que inclui o maior número de poemas e o que até hoje trouxe mais informações — notas, indicações bibliográficas, comentários sobre a gênese e a cronologia dos poemas — para esta edição brasileira.

Edição da Solaria, Florença, 1936.   *Edição da* Einaudi, Turim, 1943.

A edição princeps de *Lavorare stanca*, publicada em Florença no final de janeiro de 1936 pela revista *Solaria* — aliás, reduto da poesia hermética —, foi lançada quando Pavese se encontrava confinado[46] pela repressão fascista no sul da Itália, em Brancaleone (Calábria). O livro constaria de 49 poemas, mas quatro deles ("Il dio-caprone", "Balletto", "Paternità" e

---

[46] O *confino*, pena muito comum durante o fascismo, consistia numa residência vigiada, em que o réu era deslocado para um lugarejo distante dos grandes centros urbanos.

71

"Pensieri di Dina") foram expurgados pelo Departamento de Censura do governo, que alegou "motivos morais". Sendo assim, o volume trouxe apenas 45 poemas, ordenados segundo uma sequência mais ou menos cronológica de composição e sem subdivisões.

Ao organizar a segunda edição do livro, lançada pela Einaudi em 1943, Pavese fez uma série de modificações e acréscimos. Primeiramente, recuperou os poemas que haviam sido censurados (com a exceção de "Pensieri di Dina", que ele preferiu deixar de fora); excluiu também seis poemas que constavam da primeira edição ("Canzone di strada", "Proprietari", "Tradimento", "Ozio", "Cattive compagnie" e "Disciplina antica"); em seguida, incluiu 28 poemas que não faziam parte da edição princeps, alguns escritos no final de 1935, durante o confinamento de Brancaleone, e os demais compostos entre 1930 e 1940; finalmente, reorganizou o total de poemas (setenta) em seis seções — "Antenati", "Dopo", "Città in campagna", "Maternità", "Legna verde" e "Paternità" —, acrescentando em apêndice dois comentários sobre sua poética: "Il mestiere di poeta" (1934) e "A proposito di certe poesie non ancora scritte" (1940).[47]

Além disso, Pavese alterou a pontuação de muitos versos, corrigiu acentuações, acrescentou ou excluiu preposições,

---

47 Massimo Mila, que em 1951 editaria com Calvino o volume de poemas inéditos *Verrà la morte e avrà i tuoi occhi*, manifestou numa carta a Pavese, de 17 de julho de 1943, o seu desacordo com a inclusão dos dois textos de autoavaliação crítica: "Nutro apenas alguma dúvida sobre a pertinência dos dois pós-escritos críticos. Não que não me agradem em si; mas é o fato de comunicarem ao público os resultados de seu próprio exame de consciência estilístico". Cf. Cesare Pavese, *Le poesie*. Org. de Mariarosa Masoero. Introd. de Marziano Guglielminetti. Turim: Einaudi, 1998, p. xxxvii.

substituiu palavras e modificou alguns títulos de poemas (por exemplo, "Atavismo" e "Civiltà antica" tiveram seus títulos permutados na edição de 1943).[48] Para esta tradução, foi tomado como base o texto da edição einaudiana de 1943 — que, de resto, foi aquela estabelecida pelo próprio Pavese —, sendo incorporadas as datações da edição de 1998. Esta edição brasileira perfaz um total de setenta poemas da einaudiana, além dos dois ensaios escritos e anexados à edição definitiva de 1943, "Il mestiere di poeta" e "A proposito di certe poesie non ancora scritte".

Entre as traduções de *Lavorare stanca* consultadas, estão a francesa *Travailler fatigue*, por Gilles de Van; a inglesa *Hard Labour*, por William Arrowsmith; a catalã *Traballar cansa*, por J. M. Muñoz Pujol; e a tradução das obras completas em espanhol, por vários tradutores. Vale ainda mencionar a *Antología poética* preparada por J. Goytisolo e os poemas completos traduzidos para o alemão (*Sämtliche Gedichte*, vários tradutores. Düsseldorf: Classen Verlag, 1988).

Em 1997, foi publicado em Portugal o volume *Trabalhar cansa*,[49] em tradução de Carlos Leite, que traz ainda os nove poemas de *La terra e la morte* e os dez de *Verrà la morte e avrà i tuoi occhi*. É preciso ressaltar, porém, que a tradução de Leite, bem como as demais referidas acima, não manteve na língua de chegada a métrica e o ritmo de Pavese: seus poemas foram vertidos quase sempre em versos livres e não raro tornados mais líricos e melodiosos do que de fato o são.[50]

Pelo que foi exposto, pode-se deduzir que traduções des-

48 Cf. Cesare Pavese, op. cit., especialmente pp. XXXIX-XL.
49 *Trabalhar cansa*. Trad. e introd. de Carlos Leite. Lisboa: Cotovia, 1997.
50 Refiro-me especialmente à tradução francesa feita por Gilles de Van.

sa natureza não sejam as mais adequadas aos poemas em questão. Afinal, o próprio Pavese havia rejeitado o verso livre por considerá-lo impróprio à sua poesia, ou seja: "pela desordenada e caprichosa abundância que ele costuma solicitar à fantasia". Desse modo, uma tradução em versos livres — ou que simplesmente não acompanhe de perto o ritmo sempre igual e monótono dos versos pavesianos —, por mais feliz que seja, terá perdido de vista o *projeto* do autor, ou seja, o ato mais radical e característico do poeta piemontês: a busca incessante de "apreender o real", de dar uma forma e um sentido próprios a um mundo que em última instância sempre lhe pareceu alheio.

LAVORARE STANCA
TRABALHAR CANSA

ANTENATI
ANTEPASSADOS

I mari del Sud

a Monti

Camminiamo una sera sul fianco di un colle,
in silenzio. Nell'ombra del tardo crepuscolo
mio cugino è un gigante vestito di bianco,
che si muove pacato, abbronzato nel volto,
taciturno. Tacere è la nostra virtú.
Qualche nostro antenato dev'essere stato ben solo
— un grand'uomo tra idioti o un povero folle —
per insegnare ai suoi tanto silenzio.

Mio cugino ha parlato stasera. Mi ha chiesto
se salivo con lui: dalla vetta si scorge
nelle notti serene il riflesso del faro
lontano, di Torino. "Tu che abiti a Torino…"
mi ha detto "…ma hai ragione. La vita va vissuta
lontano dal paese: si profitta e si gode
e poi, quando si torna, come me a quarant'anni,
si trova tutto nuovo. Le Langhe non si perdono".
Tutto questo mi ha detto e non parla italiano,
ma adopera lento il dialetto, che, come le pietre
di questo stesso colle, è scabro tanto
che vent'anni di idiomi e di oceani diversi
non gliel'hanno scalfito. E cammina per l'erta
con lo sguardo raccolto che ho visto, bambino,
usare ai contadini un poco stanchi.

Vent'anni è stato in giro per il mondo.
Se n'andò ch'io ero ancora un bambino portato da donne

Os mares do Sul

para Monti

Caminhamos à tarde na encosta de um monte,
em silêncio. Na sombra do lento crepúsculo
o meu primo é um gigante vestido de branco,
que se move tranquilo, queimado no rosto,
taciturno. Calar é a virtude da gente.
Algum velho ancestral se sentiu com certeza bem só
— ave rara entre tolos ou pobre maluco —
para ensinar aos seus tanto silêncio.

Nesta noite meu primo falou. Perguntou-me
se eu iria com ele: do pico se vê
nessas noites serenas brilhar o farol
distante de Turim. "Tu, que vives em Turim…",
disse ele, "… tens razão. A vida só é vivida
distante de sua casa: se aproveita e se goza
e aí, quando se volta, aos quarenta como eu,
está tudo renovado. As Langas não se perdem".
Ele disse isso tudo e não fala italiano,
operando sem pressa o dialeto que, como pedras
desta mesma colina, é tão áspero
que vinte anos de línguas e mares diversos
nem sequer o arranharam. E ele sobe uma trilha
com o olhar recolhido que vi, em criança,
em rostos camponeses já cansados.

Vinte anos circulou por esse mundo.
Foi embora eu ainda menino, no colo das moças,

e lo dissero morto. Sentii poi parlarne
da donne, come in favola, talvolta;
ma gli uomini, piú gravi, lo scordarono.
Un inverno a mio padre già morto arrivò un cartoncino
con un gran francobollo verdastro di navi in un porto
e augurî di buona vendemmia. Fu un grande stupore,
ma il bambino cresciuto spiegò avidamente
che il biglietto veniva da un'isola detta Tasmania
circondata da un mare piú azzurro, feroce di squali,
nel Pacifico, a sud dell'Australia. E aggiunse che certo
il cugino pescava le perle. E staccò il francobollo.
Tutti diedero un loro parere, ma tutti conclusero
che, se non era morto, morirebbe.
Poi scordarono tutti e passò molto tempo.

Oh da quando ho giocato ai pirati malesi,
quanto tempo è trascorso. E dall'ultima volta
che son sceso a bagnarmi in un punto mortale
e ho inseguito un compagno di giochi su un albero
spaccandone i bei rami e ho rotta la testa
a un rivale e son stato picchiato,
quanta vita è trascorsa. Altri giorni, altri giochi,
altri squassi del sangue dinanzi a rivali
piú elusivi: i pensieri ed i sogni.
La città mi ha insegnato infinite paure:
una folla, una strada mi han fatto tremare,
un pensiero talvolta, spiato su un viso.
Sento ancora negli occhi la luce beffarda
dei lampioni a migliaia sul gran scalpiccío.

e o deram por morto. Mulheres havia
que o citavam, às vezes, como em fábulas,
mas os homens, circunspetos, o esqueceram.
Num inverno chegou a meu pai, que já havia morrido,
um postal com um selo em cor verde, de barcos num porto
e desejos de boa vindima. Foi enorme o espanto,
e o menino crescido explicou num rompante
que o cartão procedia de uma ilha chamada Tasmânia
rodeada de um mar todo azul, com cruéis tubarões,
no Pacífico, ao sul da Austrália. E adiantou que decerto
o seu primo pescava pérolas. E arrancou o selo.
Todos deram o seu parecer, concluindo
que, se ainda não morrera, morreria.
Muito tempo passou e esqueceram-no todos.

Quanto tempo passou desde quando eu brincava
de pirata malásio! Desde a última vez
em que fui tomar banho num ponto arriscado
e segui um parceiro de jogos numa árvore
estalando um dos galhos, rachando a cabeça
de um rival e apanhando por isso,
quanta vida passou. Outros dias e jogos,
outros choques no sangue enfrentando rivais
mais esquivos: ideias e sonhos.
A cidade ensinou-me infinitos temores:
multidões, uma rua me sobressaltaram,
uma ideia, outras vezes, flagrada num rosto.
Sinto ainda nos olhos a luz traiçoeira
dos milhares de postes nas grandes calçadas.

Mio cugino è tornato, finita la guerra,
gigantesco, tra i pochi. E aveva denaro.
I parenti dicevano piano: "Fra un anno, a dir molto,
se li è mangiati tutti e torna in giro.
I disperati muoiono cosí".
Mio cugino ha una faccia recisa. Comprò un pianterreno
nel paese e ci fece riuscire un garage di cemento
con dinanzi fiammante la pila per dar la benzina
e sul ponte ben grossa alla curva una targa-réclame.
Poi ci mise un meccanico dentro a ricevere i soldi
e lui girò tutte le Langhe fumando.
S'era intanto sposato, in paese. Pigliò una ragazza
esile e bionda come le straniere
che aveva certo un giorno incontrato nel mondo.
Ma uscí ancora da solo. Vestito di bianco,
con le mani alla schiena e il volto abbronzato,
al mattino batteva le fiere e con aria sorniona
contrattava i cavalli. Spiegò poi a me,
quando fallí il disegno, che il suo piano
era stato di togliere tutte le bestie alla valle
e obbligare la gente a comprargli i motori.
"Ma la bestia" diceva "piú grossa di tutte,
sono stato io a pensarlo. Dovevo sapere
che qui buoi e persone son tutta una razza".

Camminiamo da piú di mezz'ora. La vetta è vicina,
sempre aumenta d'intorno il frusciare e il fischiare del vento.
Mio cugino si ferma d'un tratto e si volge: "Quest'anno
scrivo sul manifesto: — Santo Stefano
è sempre stato il primo nelle feste
della valle del Belbo — *e che la dicano*

O meu primo voltou, terminada a guerra,
um gigante entre poucos. E tinha dinheiro.
Os parentes diziam baixinho: "Em um ano, se tanto,
já torrou tudo e retoma as viagens.
É assim que morrem os desesperados".
Ele tem uma cara obstinada. Comprou um terreno
na aldeia e ergueu uma sólida garagem
que ostentava, brilhante, uma bomba para a gasolina
e na ponte, bem grande, na curva, um cartaz chamativo.
Contratou um mecânico que recebia o dinheiro
e foi passear pelas Langas, fumando.
Entretanto casara, na aldeia. Pegou uma garota
loura e delgada como as estrangeiras
que decerto encontrara algum dia no mundo.
Mas saía sozinho. Vestido de branco,
com as mãos para trás e queimado no rosto,
de manhã percorria as tais feiras com ar displicente
e comprava cavalos. Depois me explicou,
falidos os projetos, que o seu plano
consistira em varrer deste vale animais de transporte
e fazer com que a gente comprasse motores.
"Mas a besta", dizia, "mais besta de todas
fui eu mesmo ao pensar. Deveria saber
que aqui bois e pessoas são todos iguais."

Caminhamos há mais de meia hora. Está próximo o pico,
sempre cresce ao redor o zunido e o chiado do vento.
O meu primo parou de repente e me disse: "Neste ano
eu vou pôr numa placa: *Santo Stefano*
sempre foi o primeiro nos festejos
deste vale do Belbo — e que se danem

quei di Canelli". Poi riprende l'erta.
Un profumo di terra e di vento ci avvolge nel buio,
qualche lume in distanza: cascine, automobili
che si sentono appena; e io penso alla forza
che mi ha reso quest'uomo, strappandolo al mare,
alle terre lontane, al silenzio che dura.
Mio cugino non parla dei viaggi compiuti.
Dice asciutto che è stato in quel luogo e in quell'altro
e pensa ai suoi motori.

Solo un sogno
gli è rimasto nel sangue: ha incrociato una volta
da fuochista su un legno olandese da pesca, il Cetaceo,
e ha veduto volare i ramponi pesanti del sole,
ha veduto fuggire balene tra schiume di sangue
e inseguirle e innalzarsi le code e lottare alla lancia.
Me ne accenna talvolta.

Ma quando gli dico
ch'egli è tra i fortunati che han visto l'aurora
sulle isole piú belle della terra,
al ricordo sorride e risponde che il sole
si levava che il giorno era vecchio per loro.

os de Canelli". E então retoma a trilha.

Um perfume de terra e de vento nos cobre no escuro,
umas luzes ao longe: currais, automóveis
cujo som mal se escuta; e eu penso na força
que me trouxe este homem, arrancando-o ao mar,
às distâncias da terra, ao silêncio que dura.
O meu primo não fala de viagens já feitas.
Diz a seco que esteve em tal ponto e em tal outro
e volta aos seus motores.

          Só um sonho
permanece em seu sangue: cruzou certo dia,
de foguista num barco de pesca holandês, o *Cetáceo*,
viu lançarem arpões que voavam pesados ao sol,
viu baleias fugindo no meio de espumas de sangue
e encalçá-las no lance das caudas, lutando com a lança.
Comentava-me às vezes.

          Mas, quando lhe digo
que ele é um homem de sorte, que viu as auroras
sobre as ilhas mais belas que há na Terra,
ele ri na lembrança e responde que quando
o sol vinha a manhã já era velha para eles.

19 DE SETEMBRO-NOVEMBRO DE 1930

Antenati

Stupefatto del mondo mi giunse un'età
che tiravo dei pugni nell'aria e piangevo da solo.
Ascoltare i discorsi di uomini e donne
non sapendo rispondere, è poca allegria.
Ma anche questa è passata: non sono piú solo
e, se non so rispondere, so farne a meno.
Ho trovato compagni trovando me stesso.

Ho scoperto che, prima di nascere, sono vissuto
sempre in uomini saldi, signori di sé,
e nessuno sapeva rispondere e tutti eran calmi.
Due cognati hanno aperto un negozio — la prima fortuna
della nostra famiglia — e l'estraneo era serio,
calcolante, spietato, meschino: una donna.
L'altro, il nostro, in negozio leggeva romanzi
— in paese era molto — e i clienti che entravano
si sentivan rispondere a brevi parole
che lo zucchero no, che il solfato neppure,
che era tutto esaurito. È accaduto piú tardi
che quest'ultimo ha dato una mano al cognato fallito.
A pensar questa gente mi sento piú forte
che a guardare lo specchio gonfiando le spalle
e atteggiando le labbra a un sorriso solenne.
È vissuto un mio nonno, remoto nei tempi,
che si fece truffare da un suo contadino
e allora zappò lui le vigne — d'estate —
per vedere un lavoro ben fatto. Cosí

Antepassados

Assustado com o mundo chegou-me uma idade
em que dava patadas ao vento e chorava sozinho.
Escutar as mulheres e os homens falando
sem saber responder não dá muita alegria.
Mas a fase passou: já não estou mais sozinho
e, se não sei falar, posso estar bem sem isso.
Encontrei companhia encontrando a mim mesmo.

Descobri que, antes mesmo de vir a este mundo, vivi
sempre em homens sadios, senhores de si,
e nenhum se expressava direito e eram todos tranquilos.
Dois cunhados abriram negócio — a primeira fortuna
que chegou à família — e o de fora era sério,
calculista, sem pena, mesquinho: mulher.
Mas o nosso, na loja, só lia romances
— para a vila era muito — e os clientes que entravam
eram todos tratados por breves palavras:
que acabara o açúcar e também o sulfato,
que não tinham mais nada. Ocorreu que, mais tarde,
justo este último deu uma mão ao cunhado falido.
Ao pensar nessa gente me sinto mais forte
do que quando me vejo posando no espelho
e trazendo nos lábios um riso solene.
Um dos meus bisavós, esquecido nos tempos,
se deixou enganar por um seu lavrador,
trabalhando ele mesmo, ao verão, nos vinhedos
para ver um trabalho bem-feito. É assim

sono sempre vissuto e ho sempre tenuto
una faccia sicura e pagato di mano.

E le donne non contano nella famiglia.
Voglio dire, le donne da noi stanno in casa
e ci mettono al mondo e non dicono nulla
e non contano nulla e non le ricordiamo.
Ogni donna c'infonde nel sangue qualcosa di nuovo,
ma s'annullano tutte nell'opera e noi,
rinnovati cosí, siamo i soli a durare.
Siamo pieni di vizi, di ticchi e di orrori
— noi, gli uomini, i padri — qualcuno si è ucciso,
ma una sola vergogna non ci ha mai toccato,
non saremo mai donne, mai ombre a nessuno.

Ho trovato una terra trovando i compagni,
una terra cattiva, dov'è un privilegio
non far nulla, pensando al futuro.
Perché il solo lavoro non basta a me e ai miei;
noi sappiamo schiantarci, ma il sogno piú grande
dei miei padri fu sempre un far nulla da bravi.
Siamo nati per girovagare su quelle colline,
senza donne, e le mani tenercele dietro la schiena.

que eu sempre vivi e mantive sem trégua
uma cara segura de quem não tem dívida.

Na família as mulheres não contam pra nada.
Quer dizer, as mulheres da gente não saem de casa
e nos põem no mundo de boca fechada
e não contam pra nada — nem mesmo as lembramos.
Cada qual nos instila no sangue um não sei quê de novo
e depois se aniquilam com isso, mas nós,
renovados por elas, duramos bem mais.
Somos cheios de vícios, de tiques e horrores
— nós, os homens, os pais —, e um até se matou.
Uma só das vergonhas jamais nos tocou:
não seremos mulheres nem servos dos outros.

Encontrei uma terra encontrando os amigos,
uma terra ruim, em que não fazer nada
e pensar no futuro é um bom privilégio.
Para nós o trabalho somente não basta;
nós sabemos penar, mas o sonho maior
dos meus pais sempre foi um soberbo descanso.
Nós nascemos pra perambular por aquelas colinas,
sem mulheres, as mãos colocadas atrás da coluna.

PRIMAVERA DE 1932

Paesaggio I

al Pollo

Non è piú coltivata quassú la collina. Ci sono le felci
e la roccia scoperta e la sterilità.
Qui il lavoro non serve piú a niente. La vetta è bruciata
e la sola freschezza è il respiro. La grande fatica
è salire quassú: l'eremita ci venne una volta
e da allora è restato a rifarsi le forze.
L'eremita si veste di pelle di capra
e ha un sentore muschioso di bestia e di pipa,
che ha impregnato la terra, i cespugli e la grotta.
Quando fuma la pipa in disparte nel sole,
se lo perdo non so rintracciarlo, perché è del colore
delle felci bruciate. Ci salgono visitatori
che si accasciano sopra una pietra, sudati e affannati,
e lo trovano steso, con gli occhi nel cielo,
che respira profondo. Un lavoro l'ha fatto:
sopra il volto annerito ha lasciato infoltirsi la barba,
pochi peli rossicci. E depone gli sterchi
su uno spiazzo scoperto, a seccarsi nel sole.

Coste e valli di questa collina son verdi e profonde.
Tra le vigne i sentieri conducono sú folli gruppi
di ragazze, vestite a colori violenti,
a far feste alla capra e gridare di là alla pianura.
Qualche volta compaiono file di ceste di frutta,
ma non salgono in cima: i villani le portano a casa
sulla schiena, contorti, e riaffondano in mezzo alle foglie.
Hanno troppo da fare e non vanno a veder l'eremita

Paisagem I

para o Pollo

A colina aqui em cima não é cultivada. Há apenas uns freixos
e uma pedra despida e só esterilidade.
O trabalho não serve de nada. A cimalha queimou
e o alívio que resta é a brisa. Subir até aqui
é um extremo cansaço; o eremita aqui esteve uma vez
e deixou-se ficar, refazendo suas forças.
O eremita se veste com peles de cabra
e tem cheiro de musgo, de bicho e cachimbo
entranhado na terra, em arbustos, na gruta.
Quando fuma o cachimbo apartado, ao sol,
se o perco de vista não sei retomá-lo: é da cor
desses freixos queimados. Pessoas que sobem, suadas,
e se estendem exaustas na rocha o encontram tranquilo,
com os olhos no céu, respirando bem fundo.
Um trabalho no entanto ele fez: sobre o rosto
bronzeado deixou que crescesse uma barba,
poucos pelos vermelhos. E junta o esterco
num espaço espraiado, a secar sob o sol.

Na colina as encostas e os vales são fundos e verdes.
Entre as vinhas se esgueiram nas trilhas grupinhos malucos
de garotas vestidas em cores berrantes
a brincar com as cabras, em festa, gritando à planície.
Vez ou outra despontam fileiras de cestos de frutas
que não sobem ao pico: os roceiros os levam à casa
sobre as costas, vergados, sumindo no meio das folhas.
O trabalho incessante os impede de ir ver o eremita,

i villani, ma scendono, salgono e zappano forte.
Quando han sete, tracannano vino: piantandosi in bocca
la bottiglia, sollevano gli occhi alla vetta bruciata.
La mattina sul fresco sono già di ritorno spossati
dal lavoro dell'alba e, se passa un pezzente,
tutta l'acqua che i pozzi riversano in mezzo ai raccolti
è per lui che la beva. Sogghignano ai gruppi di donne
e domandano quando, vestite di pelle di capra,
siederanno su tante colline a annerirsi al sole.

e eles descem e sobem e pegam com força na enxada;
se têm sede, capricham no vinho: garrafa na boca,
eles bebem erguendo as cabeças ao pico queimado.
Na manhã ainda fresca já estão de regresso, esgotados
do trabalho cumprido e, se passa um pedinte,
toda a água que os poços despejam em meio à colheita
é a ele ofertada. E escarnecem dos grupos de moças
e perguntam-lhes quando, vestidas em pelo de cabra,
deitarão nessas tantas colinas, dourando-se ao sol.

1933

Gente spaesata

Troppo mare. Ne abbiamo veduto abbastanza di mare.
Alla sera, che l'acqua si stende slavata
e sfumata nel nulla, l'amico la fissa
e io fisso l'amico e non parla nessuno.
Nottetempo finiamo a rinchiuderci in fondo a una tampa,
isolati nel fumo, e beviamo. L'amico ha i suoi sogni
(sono un poco monotoni i sogni allo scroscio del mare)
dove l'acqua non è che lo specchio, tra un'isola e l'altra,
di colline, screziate di fiori selvaggi e cascate.
Il suo vino è cosí. Si contempla, guardando il bicchiere,
a innalzare colline di verde sul piano del mare.
Le colline mi vanno; e lo lascio parlare del mare
perché è un'acqua ben chiara, che mostra persino le pietre.

Vedo solo colline e mi riempiono il cielo e la terra
con le linee sicure dei fianchi, lontane o vicine.
Solamente, le mie sono scabre, e striate di vigne
faticose sul suolo bruciato. L'amico le accetta
e le vuole vestire di fiori e di frutti selvaggi
per scoprirvi ridendo ragazze piú nude dei frutti.
Non occorre: ai miei sogni piú scabri non manca un sorriso.
Se domani sul presto saremo in cammino
verso quelle colline, potremo incontrar per le vigne
qualche scura ragazza, annerita di sole,
e, attaccando discorso, mangiarle un po' d'uva.

Gente desenraizada

Muito mar. Nossos olhos já viram bastante de mar.
Quando a água se estende na noite, lavada
e difusa no nada, o amigo a contempla
e eu contemplo o amigo e nenhum dos dois fala.
Muito tarde acabamos fechados nos fundos de um bar,
isolados no fumo, e bebemos. O amigo tem sonhos
(o marulho do mar torna os sonhos um pouco monótonos)
em que a água é apenas o espelho, entre ilhas e ilhas,
de colinas pintadas de flores selvagens e córregos.
Quando bebe, é assim. Olhos postos no copo, contempla
o levante dos montes verdosos na linha do mar.
As colinas me agradam, e o deixo falar sobre o mar
porque a água é tão clara que as pedras se mostram ao fundo.

Vejo apenas colinas e enchem-me o céu e a terra
com as linhas seguras das ancas, distantes ou próximas.
Mas as minhas são toscas e simples, riscadas de vinhas
extraídas ao solo queimado. O amigo as aceita
e deseja vesti-las de flores e frutos silvestres,
procurando entre risos meninas mais nuas que os frutos.
Não precisa: em meus sonhos mais toscos não falta um sorriso.
Se amanhã logo cedo estivermos na trilha
que conduz às colinas, podemos cruzar nos vinhedos
com alguma menina dourada de sol
e, puxando conversa, comer-lhe umas uvas.

1933

Il dio-caprone

La campagna è un paese di verdi misteri
al ragazzo, che viene d'estate. La capra, che morde
certi fiori, le gonfia la pancia e bisogna che corra.
Quando l'uomo ha goduto con qualche ragazza
— hanno peli là sotto — il bambino le gonfia la pancia.
Pascolando le capre, si fanno bravate e sogghigni,
ma al crepuscolo ognuno comincia a guardarsi alle spalle.
I ragazzi conoscono quando è passata la biscia
dalla striscia sinuosa che resta per terra.
Ma nessuno conosce se passa la biscia
dentro l'erba. Ci sono le capre che vanno a fermarsi
sulla biscia, nell'erba, e che godono a farsi succhiare.
Le ragazze anche godono, a farsi toccare.

Al levar della luna le capre non stanno piú chete,
ma bisogna raccoglierle e spingerle a casa,
altrimenti si drizza il caprone. Saltando nel prato
sventra tutte le capre e scompare. Ragazze in calore
dentro i boschi ci vengono sole, di notte,
e il caprone, se belano stese nell'erba, le corre a trovare.
Ma, che spunti la luna: si drizza e le sventra.
E le cagne, che abbaiano sotto la luna,
è perché hanno sentito il caprone che salta
sulle cime dei colli e annusato l'odore del sangue.
E le bestie si scuotono dentro le stalle.
Solamente i cagnacci piú forti dàn morsi alla corda

O deus-cabrão

A campina é uma terra de verdes mistérios
pro rapaz que aparece nas férias. A cabra, se morde
certas flores, dilata a barriga e é preciso correr.
Quando o homem gozou com alguma garota
— que tem pelos lá embaixo —, a criança lhe estufa a barriga.
Ao pastarem as cabras, se contam bravatas e troças,
mas no início da noite começam a olhar-se por cima.
Os rapazes percebem se acaso passou uma serpente
pelo rastro sinuoso que fica no chão.
Mas ninguém pode ver se a serpente passou
pela relva. Há umas cabras que vão se plantar
sobre a cobra, na relva, e que gozam ao serem chupadas.
As meninas também, ao se abrirem aos toques.

Quando a lua aparece, não há cabra que esteja quieta,
é preciso prendê-las, tocá-las pra casa,
do contrário o cabrão se levanta. Saltando no prado,
desentranha as cabritas e some. Garotas em febre
se dirigem aos bosques sozinhas, de noite,
e o cabrão, se elas balem deitadas na relva, se apressa a
⌈encontrá-las.
E que a lua desponte: se empina e as desventra.
As cadelas, se ladram debaixo da lua,
é porque pressentiram o cabrão dando saltos
sobre os picos dos montes e sentem o cheiro do sangue.
Todo o gado se agita no meio das cercas.
Os cachorros mais fortes se agitam e mordem as cordas

e qualcuno si libera e corre a seguire il caprone,
che li spruzza e ubriaca di un sangue piú rosso del fuoco,
e poi ballano tutti, tenendosi ritti e ululando alla luna.

Quando, a giorno, il cagnaccio ritorna spelato e ringhioso,
i villani gli dànno la cagna a pedate di dietro.
E alla figlia, che gira di sera, e ai ragazzi, che tornano
quand'è buio, smarrita una capra, gli fiaccano il collo.
Riempion donne, i villani, e faticano senza rispetto.
Vanno in giro di giorno e di notte e non hanno paura
di zappare anche sotto la luna o di accendere un fuoco
di gramigne nel buio. Per questo, la terra
è cosí bella verde e, zappata, ha il colore,
sotto l'alba, dei volti bruciati. Si va alla vendemmia
e si mangia e si canta; si va a spannocchiare
e si balla e si beve. Si sente ragazze che ridono,
ché qualcuno ricorda il caprone. Su, in cima, nei boschi,
tra le ripe sassose, i villani l'han visto
che cercava la capra e picchiava zuccate nei tronchi.
Perché, quando una bestia non sa lavorare
e si tiene soltanto da monta, gli piace distruggere.

e algum logo se solta e persegue no faro o cabrão,
que o salpica e embebeda de um sangue mais rubro que o fogo,
e depois dançam todos, mantendo-se eretos e uivando pra lua.

De manhã, quando o cão despelado regressa rosnando,
camponeses lhe dão a cadela a patadas no rabo.
E nas filhas que vagam à tarde, e aos rapazes que voltam
já no escuro, perdida uma cabra, lhes dão no pescoço.
Camponeses emprenham mulheres e esgotam-se à larga.
Perambulam de dia e de noite sem ter nenhum medo
de lavrar mesmo embaixo da lua ou acender uma fogueira
de gravetos no escuro. Por isso esta terra
é tão bela e tão verde e, lavrada, parece
com os rostos dourados na aurora. À vindima se vai
e se come e se canta; se vai à despalha
e se dança e se bebe; se escutam garotas que riem,
pois alguém mencionou o cabrão. Lá em cima, nos bosques,
em gargantas rochosas, roceiros o viram
perseguindo uma cabra e marrando nos troncos das árvores.
Porque, quando o animal não é bom no trabalho
ou se vale somente no cio, seu prazer é arrasar.

4-5 DE MAIO DE 1933

Paesaggio II

La collina biancheggia alle stelle, di terra scoperta;
si vedrebbero i ladri, lassú. Tra le ripe del fondo
i filari son tutti nell'ombra. Lassú che ce n'è
e che è terra di chi non patisce, non sale nessuno:
qui nell'umidità, con la scusa di andare a tartufi,
entran dentro alla vigna e saccheggiano le uve.

Il mio vecchio ha trovato due graspi buttati
tra le piante e stanotte borbotta. La vigna è già scarsa:
giorno e notte nell'umidità, non ci viene che foglie.
Tra le piante si vedono al cielo le terre scoperte
che di giorno gli rubano il sole. Lassú brucia il sole
tutto il giorno e la terra è calcina: si vede anche al buio.
Là non vengono foglie, la forza va tutta nell'uva.

Il mio vecchio appoggiato a un bastone nell'erba bagnata,
ha la mano convulsa: se vengono i ladri stanotte,
salta in mezzo ai filari e gli fiacca la schiena.
Sono gente da farle un servizio da bestie,
ché non vanno a contarla. Ogni tanto alza il capo
annusando nell'aria: gli pare che arrivi nel buio
una punta d'odore terroso, tartufi scavati.

Sulle coste lassú, che si stendono al cielo,
non c'è l'uggia degli alberi: l'uva strascina per terra,
tanto pesa. Nessuno può starci nascosto:
si distinguono in cima le macchie degli alberi

Paisagem II

Sobre a terra despida, a colina branqueja às estrelas;
ver-se-iam ladrões lá no topo. Entre as fendas da encosta
estão todas as leiras na sombra. Lá em cima, onde há muitas
e onde a terra é de quem não padece, não sobe ninguém:
mas aqui, na umidade, a pretexto de ir buscar trufas,
entram dentro da vinha e saqueiam as uvas.

O meu velho encontrou dois engaços caídos
entre a cepa e de noite se queixa. O vinhedo é escasso:
dia e noite a umidade não dá mais que folhas.
Entre as plantas se veem sob o céu estas terras despidas
que de dia lhe roubam o sol. Lá no topo o sol queima
todo o dia, e o terreno está seco: se nota no escuro.
Lá não nascem nem folhas, a força vai toda pras uvas.

O meu velho, apoiado a um bastão sobre a relva molhada,
tem tremores nas mãos: se os ladrões aparecem esta noite,
salta em meio às fileiras e dá-lhes no lombo.
Essa gente merece um serviço brutal,
pois não vai contar nada. Ergue às vezes a testa
farejando no ar: lhe parece que chega no escuro
uma ponta de aroma terroso, de trufa escavada.

Sobre as altas encostas deitadas ao céu
não há sombra nas árvores: cachos se arrastam na terra,
tanto é o peso. Ninguém pode estar encoberto:
lá no topo distinguem-se as manchas das árvores,

neri e radi. Se avesse la vigna lassú,
il mio vecchio farebbe la guardia da casa, nel letto,
col fucile puntato. Qui, al fondo, nemmeno il fucile
non gli serve, perché dentro il buio non c'è che fogliami.

breu disperso. Tivesse o meu velho o vinhedo
lá em cima, faria a vigia de casa da cama,
espingarda apontada. No vale nem mesmo a espingarda
serve a coisa nenhuma: no escuro só existe a folhagem.

1933

Il figlio della vedova

Può accadere ogni cosa nella bruna osteria,
può accadere che fuori sia un cielo di stelle,
al di là della nebbia autunnale e del mosto.
Può accadere che cantino dalla collina
le arrochite canzoni sulle aie deserte
e che torni improvvisa sotto il cielo d'allora
la donnetta seduta in attesa del giorno.

Tornerebbero intorno alla donna i villani
dalle scarne parole, in attesa del sole
e del pallido cenno di lei, rimboccati
fino al gomito, chini a fissare la terra.
Alla voce del grillo si unirebbe il frastuono
della cote sul ferro e un piú rauco sospiro.
Tacerebbero il vento e i brusii della notte.
La donnetta seduta parlerebbe con ira.

Lavorando i villani ricurvi lontano,
la donnetta è rimasta sull'aia e li segue
con lo sguardo, poggiata allo stipite, affranta
dal gran ventre maturo. Sul volto consunto
ha un amaro sorriso impaziente, e una voce
che non giunge ai villani le solleva la gola.
Batte il sole sull'aia e sugli occhi arrossati
ammiccanti. Una nube purpurea vela la stoppia
seminata di gialli covoni. La donna
vacillando, la mano sul grembo, entra in casa.

O filho da viúva

Tudo pode ocorrer na taberna sombria,
pode ser que lá fora haja um céu estrelado,
para além da neblina outonal e do mosto.
Pode ser que alguns cantem de lá das colinas
abafadas canções sobre as eiras desertas
e que súbito volte sob o céu de outrora
a mocinha sentada à espera do dia.

Ao redor da mulher voltariam roceiros
de palavras escassas, à espera do sol
e de um pálido aceno da jovem — os braços
descobertos, curvados, a olhar para a terra.
Sobre o canto do grilo viria o barulho
de utensílio amolando e um suspiro mais rouco.
Calariam o vento e os cicios da noite.
A mocinha sentada falaria com raiva.

Se os roceiros trabalham ao longe, recurvos,
a mocinha parada na eira acompanha-os
com a vista, apoiada ao umbral e prostrada
pelo ventre maduro. No rosto abatido
traz o amargo sorriso impaciente, e uma voz
que não chega aos roceiros lhe trava a garganta.
O sol bate na terra e nos olhos vermelhos,
reluzentes. A nuvem purpúrea escurece o restolho
semeado de feixes dourados. Tremendo,
a mulher entra em casa com a mão na barriga.

Donne corrono con impazienza le stanze deserte
comandate dal cenno e dall'occhio che, soli,
di sul letto le seguono. La grande finestra
che contiene colline e filari e il gran cielo,
manda un fioco ronzio che è il lavoro di tutti.

La donnetta dal pallido viso ha serrate le labbra
alle fitte del ventre e si tende in ascolto
impaziente. Le donne la servono, pronte.

Pelos quartos vazios mulheres se agitam depressa,
comandadas apenas por gestos e olhares
que as vigiam da cama. Da grande janela
que emoldura colinas e leiras e o céu
chega um ronco abafado: o trabalho de todos.

A mocinha de pálidas faces aperta seus lábios
aos espasmos do ventre e retesa-se alerta
e impaciente. As mulheres a servem, ligeiras.

VERÃO DE 1938-5 DE MAIO DE 1939

Luna d'agosto

Al di là delle gialle colline c'è il mare,
al di là delle nubi. Ma giornate tremende
di colline ondeggianti e crepitanti nel cielo
si frammettono prima del mare. Quassú c'è l'ulivo
con la pozza dell'acqua che non basta a specchiarsi,
e le stoppie, le stoppie, che non cessano mai.

E si leva la luna. Il marito è disteso
in un campo, col cranio spaccato dal sole
— una sposa non può trascinare un cadavere
come un sacco —. Si leva la luna, che getta un po' d'ombra
sotto i rami contorti. La donna nell'ombra
leva un ghigno atterrito al faccione di sangue
che coagula e inonda ogni piega dei colli.
Non si muove il cadavere disteso nei campi
né la donna nell'ombra. Pure l'occhio di sangue
pare ammicchi a qualcuno e gli segni una strada.

Vengon brividi lunghi per le nude colline
di lontano, e la donna se li sente alle spalle,
come quando correvano il mare del grano.
Anche invadono i rami dell'ulivo sperduto
in quel mare di luna, e già l'ombra dell'albero
pare stia per contrarsi e inghiottire anche lei.

Si precipita fuori, nell'orrore lunare,
e la segue il fruscío della brezza sui sassi

Lua de agosto

Para além das douradas colinas há o mar,
para além dessas nuvens. Mas tremendas jornadas
de ondulantes colinas que crepitam no céu
se interpõem na frente do mar. Aqui em cima há a oliveira
e esta encharcada que não serve de espelho
e os restolhos, restolhos que nunca terminam.

Eis que a lua aparece. O marido se estende
em um campo, seu crânio partido de sol
— uma esposa não pode arrastar um cadáver
como um saco. Levanta-se a lua lançando uma sombra
sob os galhos torcidos. Na sombra a mulher
lança um guincho de horror ao carão dessangrado
que coagula inundando as ravinas dos montes.
Não se move o cadáver caído nos campos
nem na sombra a mulher. Mas o olho de sangue
quase pisca a alguém indicando-lhe um rumo.

Calafrios percorrem as nuas colinas
à distância, e a mulher os recebe nos ombros
como quando corriam os mares de trigo.
Também vibram os ramos da oliveira perdida
nesses mares de lua, e a sombra da árvore
já parece fechar-se, ameaçando engoli-la.

Ela corre ao aberto, ao terror dessa lua,
e o gemido da brisa na pedra a persegue,

e una sagoma tenue che le morde le piante,
e la doglia nel grembo. Rientra curva nell'ombra
e si butta sui sassi e si morde la bocca.
Sotto, scura la terra si bagna di sangue.

e uma forma suave lhe morde as pegadas,
e uma dor no regaço. Volta curva no escuro
e se joga nas pedras mordendo-se a boca.
Mais embaixo esta terra se lava de sangue.

AGOSTO DE 1935

Gente che c'è stata

Luna tenera e brina sui campi nell'alba
assassinano il grano.

Sul piano deserto,
qua e là putrefatto (ci vuole del tempo
perché il sole e la pioggia sotterrino i morti),
era ancora un piacere svegliarsi e guardare
se la brina copriva anche quelli. La luna
inondava, e qualcuno pensava al mattino
quando l'erba sarebbe spuntata piú verde.

Ai villani che guardano piangono gli occhi.
Per quest'anno al ritorno del sole, se torna,
foglioline bruciate saran tutto il grano.
Trista luna — non sa che mangiare le nebbie,
e le brine al sereno hanno un morso di serpe,
che del verde fa tanto letame. Ne han dato letame
alla terra; ora torna in letame anche il grano,
e non serve guardare, e sarà tutto arso,
putrefatto. È un mattino che toglie ogni forza
solamente svegliarsi e girare da vivi
lungo i campi.

Vedranno piú tardi spuntare
qualche timido verde sul piano deserto,
sulla tomba del grano, e dovranno lottare
a ridurre anche quello in letame, bruciando.

Gente que esteve lá

Lua tenra da aurora e geada nos campos
assassinam o trigo.

No plano deserto
cá e lá decomposto (é preciso algum tempo
pra que a chuva e a solina soterrem os mortos),
dava ainda prazer acordar e ir ver
se a geada também os cobria. A lua
inundava e alguns já pensavam no dia
em que a relva pudesse brotar verdejante.

Os matutos que veem desatam no choro.
Para este ano, ao retorno do sol, se retorna,
a colheita será só de folhas queimadas.
Lua má, que só sabe comer a neblina,
e a geada ao sereno é picada de cobra,
que do verde faz montes de estrume. Elas deram estrume
para a terra; e a seara ora torna-se esterco,
não dá nem para olhá-la, e estará tudo ardido
e estragado. A manhã enfraquece e derruba
quem acorda somente e percorre com vida
esses campos.

Mais tarde verão germinar
algum tímido verde no vale deserto,
sobre a tumba do trigo, e terão de lutar
pra fazer também dele um estrume, queimando.

*Perché il sole e la pioggia proteggono solo le erbacce
e la brina, toccato che ha il grano, non torna.*

Porque o sol com a chuva alimenta somente o capim,
e a geada, crestado o trigal, não retorna.

1933

Paesaggio III

Tra la barba e il gran sole la faccia va ancora,
ma è la pelle del corpo, che biancheggia tremante
tra le toppe. Non basta lo sporco a confonderla
nella pioggia e nel sole. Villani anneriti
l'han guardato una volta, ma l'occhiata perdura
su quel corpo, cammini o si accasci al riposo.

Nella notte le grandi campagne si fondono
in un'ombra pesante, che sprofonda i filari
e le piante: soltanto le mani conoscono i frutti.
L'uomo lacero pare un villano, nell'ombra,
ma rapisce ogni cosa e i cagnacci non sentono.
Nella notte la terra non ha piú padroni,
se non voci inumane. Il sudore non conta.
Ogni pianta ha un suo freddo sudore nell'ombra
e non c'è piú che un campo, per nessuno e per tutti.

Al mattino quest'uomo stracciato e tremante
sogna, steso ad un muro non suo, che i villani
lo rincorrono e vogliono morderlo, sotto il gran sole.
Ha una barba stillante di fredda rugiada
e tra i buchi la pelle. Compare un villano
con la zappa sul collo, e s'asciuga la bocca.
Non si scosta nemmeno, ma scavalca quell'altro:
un suo campo quest'oggi ha bisogno di forza.

Paisagem III

Entre a barba e o sol forte mantém-se ainda a cara,
mas é a pele do corpo que alveja, tremente,
entre os trapos. Não basta a sujeira a escondê-la
sob a chuva ou ao sol. Camponeses tisnados
certa vez o miraram, e o olhar se colou
a esse corpo, quer ande ou se deite em repouso.

As imensas campinas se fundem na noite
numa sombra pesada, em que as leiras e as plantas
se aniquilam: apenas as mãos reconhecem os frutos.
O homem roto, no escuro, parece um roceiro,
mas rapina o quanto pode e os cachorros nem sentem.
Essas terras, à noite, não têm mais patrão,
só um eco inumano. O suor não importa.
Cada planta transpira de frio na penumbra:
não há mais que um só campo, de ninguém e de todos.

De manhã, este homem surrado e tremente
sonha, imóvel em muros alheios, roceiros
que o perseguem e querem bater, sob o sol escaldante.
Sua barba goteja um orvalho gelado
e entre os furos a pele. Aparece um roceiro
com a enxada ao pescoço, enxugando-se a boca.
Nem sequer se desvia, ultrapassa o primeiro:
há um campo que é seu e precisa de força.

1934

La notte

Ma la notte ventosa, la limpida notte
che il ricordo sfiorava soltanto, è remota,
è un ricordo. Perduta una calma stupita
fatta anch'essa di foglie e di nulla. Non resta,
di quel tempo di là dai ricordi, che un vago
ricordare.

Talvolta ritorna nel giorno
nell'immobile luce del giorno d'estate,
quel remoto stupore.

Per la vuota finestra
il bambino guardava la notte sui colli
freschi e neri, e stupiva di trovarli ammassati:
vaga e limpida immobilità. Fra le foglie
che stormivano al buio, apparivano i colli
dove tutte le cose del giorno, le coste
e le piante e le vigne, eran nitide e morte
e la vita era un'altra, di vento, di cielo,
e di foglie e di nulla.

Talvolta ritorna
nell'immobile calma del giorno il ricordo
di quel vivere assorto, nella luce stupita.

A noite

Mas a noite de ventos, a límpida noite
que a lembrança roçava de leve, é remota,
é lembrança. Perdura uma calma aturdida,
um sossego de folhas e nada. Do tempo
que ultrapassa a lembrança só resta um difuso
relembrar.

Certas vezes retorna no dia,
numa imóvel clareza de um dia de estio,
esse espanto longínquo.

Da janela vazia
o menino mirava as colinas na noite,
frias e negras, e olhava espantado o maciço:
vaga e límpida imobilidade. Entre as folhas
farfalhando no escuro, surgiam os cerros
onde todas as coisas do dia, as encostas
e os vinhedos e o verde, eram claras e mortas
e o viver era um outro, de vento, de céu
e de folhas, de nada.

E às vezes retorna
no sossego parado de um dia a lembrança
dessa vida alheada na luz espantosa.

16 DE ABRIL DE 1938

DOPO

DEPOIS

Incontro

Queste dure colline che han fatto il mio corpo
e lo scuotono a tanti ricordi, mi han schiuso il prodigio
di costei, che non sa che la vivo e non riesco a comprenderla.

L'ho incontrata, una sera: una macchia piú chiara
sotto le stelle ambigue, nella foschía d'estate.
Era intorno il sentore di queste colline
piú profondo dell'ombra, e d'un tratto suonò
come uscisse da queste colline, una voce piú netta
e aspra insieme, una voce di tempi perduti.

Qualche volta la vedo, e mi vive dinanzi
definita, immutabile, come un ricordo.
Io non ho mai potuto afferrarla: la sua realtà
ogni volta mi sfugge e mi porta lontano.
Se sia bella, non so. Tra le donne è ben giovane:
mi sorprende, a pensarla, un ricordo remoto
dell'infanzia vissuta tra queste colline,
tanto è giovane. È come il mattino. Mi accenna negli occhi
tutti i cieli lontani di quei mattini remoti.
E ha negli occhi un proposito fermo: la luce piú netta
che abbia avuto mai l'alba su queste colline.

L'ho creata dal fondo di tutte le cose
che mi sono piú care, e non riesco a comprenderla.

Encontro

Estas duras colinas, que estão em meu corpo
e o abalam com tantas lembranças, me abriram o prodígio
da mulher que não sabe que a vivo e não posso entendê-la.

Encontrei-a uma noite: uma mancha mais clara
sob estrelas ambíguas, na névoa do estio.
Recendia ao redor o perfume dos montes,
mais profundo que a sombra, e de golpe soou,
como vinda de dentro do monte, uma voz mais precisa
e mais áspera — a voz de algum tempo perdido.

Certas vezes a vejo, e ela vive adiante,
definida e imutável como uma lembrança.
Eu jamais consegui alcançá-la, e a sua presença
toda vez me escapole e me leva pra longe.
Se é bela, não sei. Mas eu sei que é bem jovem:
tanto assim que me ocorre, ao pensá-la, a imagem
de uma infância distante vivida por entre
as colinas. E como a manhã, desenhando em meus olhos
todo céu mais distante daquelas antigas manhãs.
Tem nos olhos um firme propósito: a luz mais precisa
que a alvorada jamais espalhou nas colinas.

Eu a fiz desde o fundo de todas as coisas
que me são mais queridas, e não a compreendo.

8-15 DE AGOSTO DE 1932

Mania di solitudine

Mangio un poco di cena alla chiara finestra.
Nella stanza è già buio e si vede nel cielo.
A uscir fuori, le vie tranquille conducono
dopo un poco, in aperta campagna.
Mangio e guardo nel cielo — chi sa quante donne
stan mangiando a quest'ora — il mio corpo è tranquillo;
il lavoro stordisce il mio corpo e ogni donna.

Fuori, dopo la cena, verranno le stelle a toccare
sulla larga pianura la terra. Le stelle son vive,
ma non valgono queste ciliege, che mangio da solo.
Vedo il cielo, ma so che tra i tetti di ruggine
qualche lume già brilla e che, sotto, si fanno rumori.
Un gran sorso e il mio corpo assapora la vita
delle piante e dei fiumi, e si sente staccato da tutto.
Basta un po' di silenzio e ogni cosa si ferma
nel suo luogo reale, cosí com'è fermo il mio corpo.

Ogni cosa è isolata davanti ai miei sensi,
che l'accettano senza scomporsi: un brusío di silenzio.
Ogni cosa nel buio la posso sapere
come so che il mio sangue trascorre le vene.
La pianura è un gran scorrere d'acqua tra l'erbe,
una cena di tutte le cose. Ogni pianta e ogni sasso
vive immobile. Ascolto i miei cibi nutrirmi le vene
di ogni cosa che vive su questa pianura.

Mania de solidão

Como um leve jantar posto à clara janela.
Já está escuro no quarto e se vê pelo céu.
As estradas tranquilas lá fora conduzem,
em um breve percurso, aos campos abertos.
Como e olho pro céu — quiçá quantas mulheres
fazem o mesmo a esta hora — e o meu corpo está calmo;
o trabalho atordoa o meu corpo e as mulheres.

Terminado o jantar, as estrelas virão passear
sobre a vasta planície da terra. As estrelas têm vida,
mas não valem sequer as cerejas que como sozinho.
Vejo o céu, mas sabendo que em meio aos telhados
umas luzes já brilham e, por baixo, começam ruídos.
Com um trago o meu corpo degusta esta vida
das florestas e rios e se sente isolado de tudo.
Basta um curto silêncio e as coisas se assentam
em seu lócus real, como assenta o meu corpo.

Meus sentidos isolam as coisas que tocam
e as aceitam impassíveis: rumor de silêncio.
Sou capaz de entender cada coisa no escuro,
como sei que o meu sangue percorre estas veias.
A planície é um grande regato entre a relva,
um repasto de todas as coisas. Imóveis as plantas
e os minérios existem. Escuto o alimento nutrir
minhas veias de tudo o que vive no vale.

Non importa la notte. Il quadrato di cielo
mi susurra di tutti i fragori, e una stella minuta
si dibatte nel vuoto, lontana dai cibi,
dalle case, diversa. Non basta a se stessa,
e ha bisogno di troppe compagne. Qui al buio, da solo,
il mio corpo è tranquillo e si sente padrone.

Não importa essa noite. O quadrante do céu
me sussurra uma cópia de sons, e uma estrela miúda
se debate no vácuo, distante dos pastos
e das casas, discorde. Não basta a si mesma
e precisa de muitas parceiras. No escuro, sozinho,
o meu corpo está calmo e se sente supremo.

27-29 DE MAIO DE 1933

Rivelazione

L'uomo solo rivede il ragazzo dal magro
cuore assorto a scrutare la donna ridente.
Il ragazzo levava lo sguardo a quegli occhi,
dove i rapidi sguardi trasalivano nudi
e diversi. Il ragazzo raccoglieva un segreto
in quegli occhi, un segreto come il grembo nascosto.

L'uomo solo si preme nel cuore il ricordo.
Gli occhi ignoti bruciavano come brucia la carne,
vivi d'umida vita. La dolcezza del grembo
palpitante di calda ansietà traspariva
in quegli occhi. Sbocciava angoscioso il segreto
come un sangue. Ogni cosa era fatta tremenda
nella luce tranquilla delle piante e del cielo.

Il ragazzo piangeva nella sera sommessa
rade lacrime mute, come fosse già uomo.
L'uomo solo ritrova sotto il cielo remoto
quello sguardo raccolto che la donna depone
sul ragazzo. E rivede quegli occhi e quel volto
ricomporsi sommessi al sorriso consueto.

Revelação

O homem só reencontra o rapaz de mirrado
peito absorto a espreitar a mulher sorridente.
O rapaz levantava a mirada aos dois olhos
onde os ágeis olhares tremiam sem pejo,
diferentes. Nos olhos o rapaz recolhia
um segredo, velado como o colo encoberto.

O homem só se comprime no peito a lembrança.
Os anônimos olhos lhe ardiam a carne,
vivos de úmida vida. A doçura do colo
que pulsava de quente ansiedade se via
nesses olhos. Brotava agitado o segredo
como um sangue. Terríveis surgiam as coisas
sob a calma clareza do céu e das plantas.

O rapaz soluçava na noite suave
raras lágrimas mudas, como aquelas de um homem.
O homem só reencontra no céu que se afasta
a mirada discreta que a mulher oferece
ao rapaz. E revê recompor-se nos olhos
e na face serena o sorriso de sempre.

28-29 DE OUTUBRO DE 1937

Mattino

La finestra socchiusa contiene un volto
sopra il campo del mare. I capelli vaghi
accompagnano il tenero ritmo del mare.

Non ci sono ricordi su questo viso.
Solo un'ombra fuggevole, come di nube.
L'ombra è umida e dolce come la sabbia
di una cavità intatta, sotto il crepuscolo.
Non ci sono ricordi. Solo un sussurro
che è la voce del mare fatta ricordo.

Nel crepuscolo l'acqua molle dell'alba
che s'imbeve di luce, rischiara il viso.
Ogni giorno è un miracolo senza tempo,
sotto il sole: una luce salsa l'impregna
e un sapore di frutto marino vivo.

Non esiste ricordo su questo viso.
Non esiste parola che lo contenga
o accomuni alle cose passate. Ieri,
dalla breve finestra è svanito come
svanirà tra un istante, senza tristezza
né parole umane, sul campo del mare.

Manhã

A janela entreaberta contém um rosto
sobre o campo do mar. Os cabelos vagos
acompanham o terno balanço do mar.

Já não há mais lembranças sobre este rosto.
Só uma sombra fugaz, como fosse uma nuvem.
Sombra úmida e doce como a areia
de uma intacta caverna, sob o crepúsculo.
Já não há mais lembranças. Resta um sussurro
que é a voz desse mar tornada lembrança.

No crepúsculo a água mole da aurora
que se banha de luz resplandece a face.
Cada dia é um milagre sem tempo
sob o sol: uma luz salgada o recobre
com um gosto de fruto marinho vivo.

Não existe lembrança sobre este rosto.
Não existe palavra que o contenha
ou disponha entre as coisas passadas. Ontem,
dessa breve janela sumiu-se como
sumirá num instante, sem mais tristeza
ou palavra humana, do campo do mar.

9-18 DE AGOSTO DE 1940

Estate

C'è un giardino chiaro, fra mura basse,
di erba secca e di luce, che cuoce adagio
la sua terra. È una luce che sa di mare.
Tu respiri quell'erba. Tocchi i capelli
e ne scuoti il ricordo.

               Ho veduto cadere
molti frutti, dolci, su un'erba che so,
con un tonfo. Cosí trasalisci tu pure
al sussulto del sangue. Tu muovi il capo
come intorno accadesse un prodigio d'aria
e il prodigio sei tu. C'è un sapore uguale
nei tuoi occhi e nel caldo ricordo.

                     Ascolti.
Le parole che ascolti ti toccano appena.
Hai nel viso calmo un pensiero chiaro
che ti finge alle spalle la luce del mare.
Hai nel viso un silenzio che preme il cuore
con un tonfo, e ne stilla una pena antica
come il succo dei frutti caduti allora.

Verão

Há um claro jardim entre muros baixos,
de ervas secas e luz, que aos poucos cozinha
sua terra. É uma luz que tem gosto de mar.
Tu respiras a erva tocando os cabelos
e espantando a lembrança.

Eu já vi despencar
muitos frutos, doces, sobre a relva caseira,
com um baque. E assim tu igualmente estremeces
ao soluço do sangue. Balanças a testa
como envolta num denso prodígio aéreo
e o prodígio és tu. Há um mesmo sabor
na lembrança serena em teus olhos.

Escutas.
As palavras que escutas te tocam de leve.
Tens no rosto calmo uma ideia clara
que desenha em teus ombros o brilho do mar.
Tens no rosto um silêncio que aperta o peito
com um baque e lhe extrai uma dor antiga
como o suco dos frutos caídos outrora

3-10 DE SETEMBRO DE 1940

Notturno

La collina è notturna, nel cielo chiaro.
Vi s'inquadra il tuo capo, che muove appena
e accompagna quel cielo. Sei come una nube
intravista fra i rami. Ti ride negli occhi
la stranezza di un cielo che non è il tuo.

La collina di terra e di foglie chiude
con la massa nera il tuo vivo guardare,
la tua bocca ha la piega di un dolce incavo
tra le coste lontane. Sembri giocare
alla grande collina e al chiarore del cielo:
per piacermi ripeti lo sfondo antico
e lo rendi più puro.

Ma vivi altrove.
Il tuo tenero sangue si è fatto altrove.
Le parole che dici non hanno riscontro
con la scabra tristezza di questo cielo.
Tu non sei che una nube dolcissima, bianca
impigliata una notte fra i rami antichi.

Noturno

A colina é noturna no claro céu.
Ela enquadra tua testa que mal se mexe
e acompanha esse céu. Tu pareces a nuvem
entrevista entre os ramos. Sorri em teus olhos
a estranheza de um céu que não é o teu.

A colina de terras e folhas encerra
com a massa escura a tua viva mirada,
a tua boca tem dobras de um doce entalhe
entre as costas longínquas. Pareces brincar
com a grande colina e a clareza do céu:
reconstróis para mim o cenário antigo
e o convertes mais puro.

                   Mas vives distante.
O teu cálido sangue se fez na distância.
As palavras que dizes não se correspondem
com a dura tristeza estampada no céu.
És apenas a nuvem docíssima, branca,
enredada uma noite entre ramos antigos.

19 DE OUTUBRO DE 1940

Agonia

Girerò per le strade finché non sarò stanca morta
saprò vivere sola e fissare negli occhi
ogni volto che passa e restare la stessa.
Questo fresco che sale a cercarmi le vene
è un risveglio che mai nel mattino ho provato
cosí vero: soltanto, mi sento piú forte
che il mio corpo, e un tremore piú freddo accompagna il mattino.

Son lontani i mattini che avevo vent'anni.
E domani, ventuno: domani uscirò per le strade,
ne ricordo ogni sasso e le striscie di cielo.
Da domani la gente riprende a vedermi
e sarò ritta in piedi e potrò soffermarmi
e specchiarmi in vetrine. I mattini di un tempo,
ero giovane e non lo sapevo, e nemmeno sapevo
di esser io che passavo — una donna, padrona
di se stessa. La magra bambina che fui
si è svegliata da un pianto durato per anni:
ora è come quel pianto non fosse mai stato.

E desidero solo colori. I colori non piangono,
sono come un risveglio: domani i colori
torneranno. Ciascuna uscirà per la strada,
ogni corpo un colore — perfino i bambini.
Questo corpo vestito di rosso leggero
dopo tanto pallore riavrà la sua vita.
Sentirò intorno a me scivolare gli sguardi

Agonia

Girarei pelas ruas até desabar de cansaço
saberei viver só e mirar bem nos olhos
cada rosto que passa e manter-me serena.
O frescor que se eleva buscando-me as veias
é um real despertar que eu jamais pressentira
nas manhãs: simplesmente me sinto mais forte
que meu corpo, e um tremor mais gelado acompanha a manhã.

Longe vão as manhãs em que eu tinha vinte anos.
E amanhã, vinte e um: amanhã sairei pelas ruas,
recordando suas pedras e nesgas de céu.
A partir de amanhã me verão outra vez
passeando aprumada, podendo parar
nas vitrinas e olhar-me. As manhãs do passado
eram de juventude e eu não via, nem mesmo sabia
que era eu mesma que andava — senhora de si
e mulher. A menina magrinha que eu fui
acordou de um choro arrastado por anos:
hoje é como se o choro jamais existisse.

E desejo somente essas cores. As cores não choram,
são como um despertar: amanhã essas cores
voltarão. Cada qual vai sair pela rua,
cada corpo uma cor — inclusive as crianças.
Este corpo vestido de um leve vermelho
após tanto palor voltará a estar vivo.
Sentirei ao redor deslizarem olhares,

e saprò d'esser io: gettando un'occhiata,
mi vedrò tra la gente. Ogni nuovo mattino,
uscirò per le strade cercando i colori.

saberei que sou eu: num relance de olhos,
me verei entre a gente. E nas novas manhãs,
sairei pelas ruas em busca das cores.

1933

Paesaggio VII

Basta un poco di giorno negli occhi chiari
come il fondo di un'acqua, e la invade l'ira,
la scabrezza del fondo che il sole riga.
Il mattino che torna e la trova viva,
non è dolce né buono: la guarda immoto
tra le case di pietra, che chiude il cielo.

Esce il piccolo corpo tra l'ombra e il sole
come un lento animale, guardandosi intorno,
non vedendo null'altro se non colori.
Le ombre vaghe che vestono la strada e il corpo
le incupiscono gli occhi, socchiusi appena
come un'acqua, e nell'acqua traspare un'ombra.

I colori riflettono il cielo calmo.
Anche il passo che calca i ciottoli lento
sembra calchi le cose, pari al sorriso
che le ignora e le scorre come acqua chiara.
Dentro l'acqua trascorrono minacce vaghe.
Ogni cosa nel giorno s'increspa al pensiero
che la strada sia vuota, se non per lei.

Paisagem VII

Basta um pouco de dia nos olhos claros
como o fundo de uma água, e a raiva a invade,
a aspereza do fundo que o sol lamina.
A manhã que retorna e a encontra viva
não é tênue nem boa: perscruta-a fixa
entre as casas de pedra que o céu encerra.

Sai o corpo pequeno entre a sombra e o sol
como um lento animal, espreitando ao redor,
sem olhar para nada a não ser as cores.
Sombras vagas que vestem a estrada e o corpo
escurecem-lhe os olhos, meio entreabertos
como uma água, e nessa água transluz a sombra.

Os matizes refletem o céu tranquilo.
Mesmo o passo que pisa o lajedo, suave,
quase pisa nas coisas, como o sorriso
que as ignora e perpassa como água clara.
Dentro d'água ameaças furtivas escorrem.
Cada coisa do dia se crispa à ideia
de que a rua, sem ela, seria um vazio.

2-7 DE JANEIRO DE 1940

Donne appassionate

Le ragazze al crepuscolo scendono in acqua,
quando il mare svanisce, disteso. Nel bosco
ogni foglia trasale, mentre emergono caute
sulla sabbia e si siedono a riva. La schiuma
fa i suoi giochi inquieti, lungo l'acqua remota.

Le ragazze han paura delle alghe sepolte
sotto le onde, che afferrano le gambe e le spalle:
quant'è nudo, del corpo. Rimontano rapide a riva
e si chiamano a nome, guardandosi intorno.
Anche le ombre sul fondo del mare, nel buio,
sono enormi e si vedono muovere incerte,
come attratte dai corpi che passano. Il bosco
è un rifugio tranquillo, nel sole calante,
piú che il greto, ma piace alle scure ragazze
star sedute all'aperto, nel lenzuolo raccolto.

Stanno tutte accosciate, serrando il lenzuolo
alle gambe, e contemplano il mare disteso
come un prato al crepuscolo. Oserebbe qualcuna
ora stendersi nuda in un prato? Dal mare
balzerebbero le alghe, che sfiorano i piedi,
a ghermire e ravvolgere il corpo tremante.
Ci son occhi nel mare, che traspaiono a volte.

Quell'ignota straniera, che nuotava di notte
sola e nuda, nel buio quando muta la luna,

Mulheres apaixonadas

As garotas vão todas para a água, ao crepúsculo,
quando o mar se dissipa, estendido. No bosque
cada folha estremece, e elas surgem prudentes
na areia e se sentam nas orlas. A espuma
faz seu jogo agitado nas águas remotas.

As garotas têm medo das algas ocultas
sob as ondas, que grudam nas pernas e ombros:
onde o corpo está nu. Voltam à orla depressa,
pelo nome se chamam, espreitando ao redor.
Até as sombras do fundo do mar, no escuro,
são imensas e movem-se titubeantes,
atraídas por corpos que passam. O bosque
é um refúgio mais calmo, no sol declinante,
que o areal, mas as jovens morenas preferem
assentar-se ao ar livre, em lençóis bem dispostos.

Todas elas se encolhem e apertam o lençol
contra as pernas, mirando esse mar distendido
como um prado ao crepúsculo. Alguma ousaria
estar nua, agora, num campo? Do mar
saltariam as algas que afloram os pés,
agarrando e envolvendo seus corpos trementes.
Estes mares têm olhos que às vezes reluzem.

A estrangeira sem nome, que nadava de noite
só e nua, à penumbra da lua que muda,

è scomparsa una notte e non torna mai piú.
Era grande e doveva esser bianca abbagliante
perché gli occhi, dal fondo del mare, giungessero a lei.

certa noite sumiu e não volta mais nunca.
Era longa e talvez de uma alvura ofuscante,
pois, do fundo do mar, alcançaram-na os olhos.

15 DE AGOSTO DE 1935

Terre bruciate

Parla il giovane smilzo che è stato a Torino.
Il gran mare si stende, nascosto da rocce,
e dà in cielo un azzurro slavato. Rilucono gli occhi
di ciascuno che ascolta.

                A Torino si arriva di sera
e si vedono subito per la strada le donne
maliziose, vestite per gli occhi, che camminano sole.
Là, ciascuna lavora per la veste che indossa,
ma l'adatta a ogni luce. Ci sono colori
da mattino, colori per uscire nei viali,
per piacere di notte. Le donne, che aspettano
e si sentono sole, conoscono a fondo la vita.
Sono libere. A loro non rifiutano nulla.

Sento il mare che batte e ribatte spossato alla riva.
Vedo gli occhi profondi di questi ragazzi
lampeggiare. A due passi il filare di fichi
disperato s'annoia sulla roccia rossastra.

Ce ne sono di libere che fumano sole.
Ci si trova la sera e abbandona il mattino
al caffè, come amici. Sono giovani sempre.
Voglion occhi e prontezza nell'uomo e che scherzi
e che sia sempre fine. Basta uscire in collina
e che piova: si piegano come bambine,
ma si sanno godere l'amore. Piú esperte di un uomo.

Terras queimadas

Fala o jovem esguio que esteve em Turim.
O mar grande se estende, ocultado por rochas,
e reflete no céu um azul deslavado. As pupilas
dos que o ouvem reluzem.

Chegar a Turim pela noite
é ver logo mulheres vagando nas ruas,
maliciosas, vestidas pros olhos, que caminham sozinhas.
Todas elas trabalham pela roupa que vestem,
cada qual para uma hora. Há matizes propícios
às manhãs como há cores pra sair pelos parques,
aos prazeres noturnos. Mulheres que esperam
e se sentem sozinhas, conhecem a vida por dentro.
E são livres. A elas nada se recusa.

Ouço o mar que golpeia e rebate, cansado, na costa.
Vejo os olhos profundos dos jovens à volta
coruscarem. Bem perto uma aleia de figos
desespera de tédio na rocha encarnada.

Há algumas paradas que fumam sozinhas,
que se encontram à noite e se deixam de dia,
ao café, como amigos. Todas elas são jovens.
De um homem esperam presteza e espírito,
e que seja gentil. Basta ir à colina
e que chova: abandonam-se como meninas,
mas já sabem gozar o amor. Mais espertas que um homem.

Sono vive e slanciate e, anche nude, discorrono
con quel brio che hanno sempre.

Lo ascolto.
Ho fissato le occhiaie del giovane smilzo
tutte intente. Han veduto anche loro una volta quel verde.
Fumerò a notte buia, ignorando anche il mare.

São vivazes e ousadas, e até nuas conversam
com o brilho de sempre.

Eu o escuto.
Observei as olheiras do jovem esguio,
bem profundas. Por elas passaram outrora esses verdes.
Fumarei noite adentro, esquecendo até o mar.

AGOSTO DE 1935

Tolleranza

Piove senza rumore sul prato del mare.
Per le luride strade non passa nessuno.
È discesa dal treno una femmina sola:
tra il cappotto si è vista la chiara sottana
e le gambe sparire nella porta annerita.

Si direbbe un paese sommerso. La sera
stilla fredda su tutte le soglie, e le case
spandon fumo azzurrino nell'ombra. Rossastre
le finestre s'accendono. S'accende una luce
tra le imposte accostate nella casa annerita.

L'indomani fa freddo e c'è il sole sul mare.
Una donna in sottana si strofina la bocca
alla fonte, e la schiuma è rosata. Ha capelli
biondo-ruvido, simili alle bucce d'arancia
sparse in terra. Protesa alla fonte, sogguarda
un monello nerastro che la fissa incantato.
Donne fosche spalancano imposte alla piazza
— i mariti sonnecchiano ancora, nel buio.

Quando torna la sera, riprende la pioggia
scoppiettante sui molti bracieri. Le spose,
ventilando i carboni, dànno occhiate alla casa
annerita e alla fonte deserta. La casa
ha le imposte accecate, ma dentro c'è un letto,
e sul letto una bionda si guadagna la vita.

Tolerância

Na planura do mar cai a chuva em silêncio.
Pelas ruas imundas não passa ninguém.
Uma mulher solitária desceu de um trem.
Do casaco se via uma anágua cor clara
e umas pernas sumindo na porta sombria.

Mais parece uma aldeia submersa. A noite
pinga fria por todas soleiras, as casas
evaporam fumaça azulada. Vermelhas
as janelas se acendem. Acende-se a luz
nos postigos fechados da casa às escuras.

No outro dia faz frio e o sol brilha no mar.
A mulher em anáguas esfrega sua boca
numa fonte, e a espuma é rosada. Os cabelos
louro-ruivos são como umas cascas de laranja
espalhadas no chão. Debruçada na fonte,
ela espia um moreno que a mira encantado.
Apagadas mulheres abrindo postigos
sobre a praça — e maridos dormindo no escuro.

Quando a noite retorna, outra vez vem a chuva
crepitando nas muitas lareiras. Esposas
abanando os braseiros espreitam a casa
às escuras e a fonte deserta. Já a casa
tem postigos cerrados, mas dentro há uma cama,
e na cama uma loura que ali ganha a vida.

Tutto quanto il paese riposa la notte,
tutto, tranne la bionda, che si lava al mattino.

Toda a aldeia, inteira, descansa de noite,
à exceção dessa loura que de dia se banha.

DEZEMBRO DE 1935

La puttana contadina

La muraglia di fronte che accieca il cortile
ha sovente un riflesso di sole bambino
che ricorda la stalla. E la camera sfatta
e deserta al mattino quando il corpo si sveglia,
sa l'odore del primo profumo inesperto.
Fino il corpo, intrecciato al lenzuolo, è lo stesso
dei primi anni, che il cuore balzava scoprendo.

Ci si sveglia deserte al richiamo inoltrato
del mattino e riemerge nella greve penombra
l'abbandono di un altro risveglio: la stalla
dell'infanzia e la greve stanchezza del sole
caloroso sugli usci indolenti. Un profumo
impregnava leggero il sudore consueto
dei capelli, e le bestie annusavano. Il corpo
si godeva furtivo la carezza del sole
insinuante e pacata come fosse un contatto.

L'abbandono del letto attutisce le membra
stese giovani e tozze, come ancora bambine.
La bambina inesperta annusava il sentore
del tabacco e del fieno e tremava al contatto
fuggitivo dell'uomo: le piaceva giocare.
Qualche volta giocava distesa con l'uomo
dentro il fieno, ma l'uomo non fiutava i capelli:
le cercava nel fieno le membra contratte,

A puta camponesa

As paredes da frente que encobrem o pátio
muitas vezes refletem um sol pueril
que recorda o curral. E o aposento desfeito
e vazio da manhã, quando o corpo desperta,
tem o cheiro do antigo perfume inocente.
Até o corpo, enrolado ao lençol, inda é o mesmo
de outros anos, em que o coração dava pulos.

Acordamos sem nada ao apelo do dia
avançado, e na densa penumbra ressurge
o abandono de um outro acordar: o curral
da infância e o pesado cansaço do sol
fervilhante nas portas inertes. Um cheiro
impregnava suave o suor costumeiro
dos cabelos, e os bichos cheiravam. O corpo
desfrutava furtivo a carícia do sol
penetrante e pacata, de um leve contato.

O abandono da cama atenua seus membros
juvenis e compactos, quase mesmo infantis.
A menina inocente sentia o aroma
do tabaco e do feno e tremia ao contato
fugitivo de um homem: gostava do jogo.
Certas vezes brincava deitada com o homem
sobre o feno, mas ele não cheirava os cabelos:
procurava no feno suas pernas crispadas

le fiaccava, schiacciandole come fosse suo padre.
Il profumo eran fiori pestati sui sassi.

Molte volte ritorna nel lento risveglio
quel disfatto sapore di fiori lontani
e di stalla e di sole. Non c'è uomo che sappia
la sottile carezza di quell'acre ricordo.
Non c'è uomo che veda oltre il corpo disteso
quell'infanzia trascorsa nell'ansia inesperta.

e as domava, esmagando-as que nem o seu pai.
O perfume eram flores pisadas nos seixos.

Muitas vezes retorna no lento acordar
o sabor decomposto das flores distantes
de curral e de sol. Não há homem que saiba
da carícia sutil daquela acre lembrança.

Não há homem que veja no corpo estendido
essa infância passada numa ânsia inocente.

11-15 DE NOVEMBRO DE 1937

Pensieri di Deola

Deola passa il mattino seduta al caffè
e nessuno la guarda. A quest'ora in città corron tutti
sotto il sole ancor fresco dell'alba. Non cerca nessuno
neanche Deola, ma fuma pacata e respira il mattino.
Fin che è stata in pensione, ha dovuto dormire a quest'ora
per rifarsi le forze: la stuoia sul letto
la sporcavano con le scarpacce soldati e operai,
i clienti che fiaccan la schiena. Ma, sole, è diverso:
si può fare un lavoro più fine, con poca fatica.
Il signore di ieri, svegliandola presto,
l'ha baciata e condotta (mi fermerei, cara,
a Torino con te, se potessi) *con sé alla stazione*
a augurargli buon viaggio.

           È intontita ma fresca stavolta,
e le piace esser libera, Deola, e bere il suo latte
e mangiare brioches. Stamattina è una mezza signora
e, se guarda i passanti, fa solo per non annoiarsi.
A quest'ora in pensione si dorme e c'è puzzo di chiuso
— la padrona va a spasso — è da stupide stare là dentro.
Per girare la sera i locali, ci vuole presenza
e in pensione, a trent'anni, quel po' che ne resta, si è perso.

Deola siede mostrando il profilo a uno specchio
e si guarda nel fresco del vetro. Un po' pallida in faccia:
non è il fumo che stagni. Corruga le ciglia.
Ci vorrebbe la voglia che aveva Marí, per durare

Pensamentos de Deola

Deola passa a manhã numa mesa de bar
e ninguém se dá conta. A esta hora a cidade é um vaivém
sob o sol inda fresco da aurora. Fumando tranquila,
Deola apenas respira a manhã e não busca ninguém.
No bordel, a esta hora, estaria dormindo e repondo
as suas forças: peões e soldados sujavam
a coberta da cama com botas e roupas imundas,
os clientes moendo-lhe as costas. Mas, só, é outra coisa:
já se faz um trabalho mais fino, sem tanto cansaço.
O senhor que veio ontem, bem cedo, a acordou
com seus beijos, levando-a consigo (*querida,*
ficaria contigo em Turim, se pudesse) à estação,
desejando-lhe boa viagem.

Agora está tonta,
mas refeita, e lhe agrada ser livre e beber o seu leite
e comer uns brioches. Neste dia se sente senhora
e, se mira os passantes, é só pra vencer o fastio.
No bordel a esta hora se dorme num ar abafado.
A patroa passeia — é bobagem ficar lá fechada.
É preciso estar bem para ir aos lugares noturnos,
mas aos trinta o bordel já gastou a beleza que resta.

Deola senta-se expondo o perfil num espelho
e se mira no frio do vidro. O seu rosto está pálido:
não é efeito do fumo. Ela franze as pestanas.
É preciso a vontade que tinha Mari pra durar

in pensione (perché, cara donna, gli uomini
vengon qui per cavarsi capricci che non glieli toglie
né la moglie né l'innamorata) *e Marí lavorava
instancabile, piena di brio e godeva salute.*
I passanti davanti al caffè non distraggono Deola
che lavora soltanto la sera, con lente conquiste
nella musica del suo locale. Gettando le occhiate
a un cliente o cercandogli il piede, le piaccion le orchestre
che la fanno parere un'attrice alla scena d'amore
con un giovane ricco. Le basta un cliente
ogni sera e ha da vivere. (Forse il signore di ieri
mi portava davvero con sé). *Stare sola, se vuole,*
al mattino, e sedere al caffè. Non cercare nessuno.

num bordel (*porque os homens, prezada senhora,*
vêm aqui para dar-se aos caprichos que nem a mulher
nem a amante lhes dão), e Mari trabalhava sem trégua,
incansável e cheia de brio, esbanjando saúde.
Os que passam em frente ao café não interessam a Deola,
que trabalha somente de noite, com lentas conquistas
nas canções do local que frequenta. Atraindo um cliente
com olhares, tocando seus pés, ela gosta de orquestras
que a acompanhem como a uma atriz numa cena de amor
com um rico rapaz. Um cliente por noite
é o que basta para ela viver. (*Mas quem sabe o senhor*
da outra noite me leva com ele). Estar só, se quiser,
de manhã e sentar-se num bar. Não buscar por ninguém.

5-12 DE NOVEMBRO-DEZEMBRO DE 1932

Due sigarette

Ogni notte è la liberazione. Si guarda i riflessi
dell'asfalto sui corsi che si aprono lucidi al vento.
Ogni rado passante ha una faccia e una storia.
Ma a quest'ora non c'è piú stanchezza: i lampioni a migliaia
sono tutti per chi si sofferma a sfregare un cerino.

La fiammella si spegne sul volto alla donna
che mi ha chiesto un cerino. Si spegne nel vento
e la donna delusa ne chiede un secondo
che si spegne: la donna ora ride sommessa.
Qui possiamo parlare a voce alta e gridare,
ché nessuno ci sente. Leviamo gli sguardi
alle tante finestre — occhi spenti che dormono —
e attendiamo. La donna si stringe le spalle
e si lagna che ha perso la sciarpa a colori
che la notte faceva da stufa. Ma basta appoggiarci
contro l'angolo e il vento non è piú che un soffio.
Sull'asfalto consunto c'è già un mozzicone.
Questa sciarpa veniva da Rio, ma dice la donna
che è contenta d'averla perduta, perché mi ha incontrato.
Se la sciarpa veniva da Rio, è passata di notte
sull'oceano inondato di luce dal gran transatlantico.
Certo, notti di vento. È il regalo di un suo marinaio.
Non c'è piú il marinaio. La donna bisbiglia
che, se salgo con lei, me ne mostra il ritratto
ricciolino e abbronzato. Viaggiava su sporchi vapori
e puliva le macchine: io sono piú bello.

Dois cigarros

Cada noite é uma libertação. Os reflexos do asfalto
se destacam nas ruas que se abrem brilhantes ao vento.
Cada raro passante tem rosto e uma história.
A esta hora não há mais cansaço: milhares de postes
estão lá pra quem passa e precisa riscar o seu fósforo.
A chaminha se apaga em frente à mulher
que me pede um fósforo. Apaga-se ao vento,
e a mulher, que se frustra, me pede um segundo,
que se apaga. A mulher então ri, acanhada.
Onde estamos podemos falar e gritar,
que ninguém nos escuta. Erguemos a vista
para as muitas janelas — com olhos que dormem —
e esperamos. Então ela encolhe seus ombros
e se queixa da perda da echarpe bonita
que a aquecia nas noites. Mas basta apoiar-se
contra a esquina que o vento de chofre arrefece.
Sobre o asfalto roído se vê uma guimba.
Essa echarpe viera do Rio, mas diz a mulher
que está alegre por tê-la perdido porque me encontrou.
Se a echarpe viera do Rio, cruzou muitas noites
o oceano inundado de luz, em algum transatlântico.
Sim, em noites de vento. É o presente de algum marinheiro.
Já não há marinheiro, e a mulher me sussurra
que, se subo com ela, me mostra sua foto,
cacheado e queimado. Zarpava em imundos vapores
e cuidava das máquinas: sou mais bonito.

Sull'asfalto c'è due mozziconi. Guardiamo nel cielo:
la finestra là in alto — mi addita la donna — è la nostra.
Ma lassú non c'è stufa. La notte, i vapori sperduti
hanno pochi fanali o soltanto le stelle.
Traversiamo l'asfalto a braccetto, giocando a scaldarci.

Sobre o asfalto estão duas baganas. Olhamos pro céu:
a janela lá em cima — me aponta a mulher — é a nossa.
Mas não há aquecimento. De noite, os vapores perdidos
veem poucos faróis ou somente as estrelas.
Abraçados cruzamos o asfalto, tentando aquecer-nos.

1933

Dopo

La collina è distesa e la pioggia l'impregna in silenzio.

Piove sopre le case: la breve finestra
s'è riempita di un verde piú fresco e piú nudo.
La compagna era stesa con me: la finestra
era vuota, nessuno guardava, eravamo ben nudi.
Il suo corpo segreto cammina a quest'ora per strada
col suo passo, ma il ritmo è piú molle; la pioggia
scende come quel passo, leggera e spossata.
La compagna non vede la nuda collina
assopita nell'umidità: passa in strada
e la gente che l'urta non sa.

Verso sera
la collina è percorsa da brani di nebbia,
la finestra ne accoglie anche il fiato. La strada
a quest'ora è deserta; la sola collina
ha una vita remota nel corpo piú cupo.
Giacevamo spossati nell'umidità
dei due corpi, ciascuno assopito sull'altro.

Una sera piú dolce, di tiepido sole
e di freschi colori, la strada sarebbe una gioia.
È una gioia passare per strada, godendo
un ricordo del corpo, ma tutto diffuso d'intorno.
Nelle foglie dei viali, nel passo indolente di donne,
nelle voci di tutti, c'è un po' della vita

Depois

A colina se estende e uma chuva a encharca em silêncio.

Chove sobre os telhados: a estreita janela
é tomada de um verde mais fresco e mais puro.
Ao meu lado, deitada, a amiga: à janela,
um vazio, e ninguém nos olhava, e estávamos nus.
O seu corpo secreto caminha, a esta hora, na rua
com seu passo num ritmo mais lento; e a chuva
desce como esse passo, suave e cansada.
Minha amiga não nota a colina despida
que adormece no charco: caminha na rua
e as pessoas que a esbarram não sabem.

De noite
a colina é varrida por trapos de névoa,
e a janela recolhe os seus sopros. A rua
a esta hora é um deserto; somente a colina
tem uma vida remota no corpo mais cavo.
Nós jazíamos, lassos, no sopro molhado
dos dois corpos, deitados no sono, enlaçados.

Numa tarde mais doce, de tépido sol
e de cores viçosas, a rua seria uma festa.
É gostoso passar pela rua, gozando
a memória do corpo, mas tudo difuso ao redor.
Na folhagem das ruas, no passo indolente das moças
e nas vozes de todos há um pouco da vida

che i due corpi han scordato ma è pure un miracolo.
E scoprire giú in fondo a una via la collina
tra le case, e guardarla e pensare che insieme
la compagna la guardi, dalla breve finestra.

Dentro il buio è affondata la nuda collina
e la pioggia bisbiglia. Non c'è la compagna
che ha portato con sé il corpo dolce e il sorriso.
Ma domani nel cielo lavato dall'alba
la compagna uscirà per le strade, leggera
del suo passo. Potremo incontrarci, volendo.

que os dois corpos perderam, mas que é um milagre.
Descobrir lá no fundo da estrada a colina
entre as casas e vê-la e pensar que ali mesmo
minha amiga a contempla da estreita janela.

Mergulhou no brumoso essa pura colina
e o chuvisco sussurra. Está ausente a amiga
que levou com doçura o seu corpo e o sorriso.
Amanhã, no céu claro e lavado da aurora,
minha amiga andará pelas ruas, suave
em seu passo. Podemos nos ver, se quisermos.

1934

CITTÀ IN CAMPAGNA
CIDADE NO CAMPO

Il tempo passa

Quel vecchione, una volta, seduto sull'erba,
aspettava che il figlio tornasse col pollo
mal strozzato, e gli dava due schiaffi. Per strada
— camminavano all'alba su quelle colline —
gli spiegava che il pollo si strozza con l'unghia
— tra le dita — del pollice, senza rumore.
Nel crepuscolo fresco marciavano sotto le piante
imbottiti di frutta e il ragazzo portava
sulle spalle una zucca giallastra. Il vecchione diceva
che la roba nei campi è di chi ne ha bisogno
tant'è vero che al chiuso non viene. Guardarsi d'attorno
bene prima, e poi scegliere calmi la vite piú nera
e sedersele all'ombra e non muovere fin che si è pieni.

C'è chi mangia dei polli in città. Per le vie
non si trovano i polli. Si trova il vecchiotto
— tutto ciò ch'è rimasto dell'altro vecchione —
che, seduto su un angolo, guarda i passanti
e, chi vuole, gli getta due soldi. Non apre la bocca
il vecchiotto: a dir sempre una cosa, vien sete,
e in città non si trova le botti che versano,
né in ottobre né mai. C'è la griglia dell'oste
che sa puzzo di mosto, specialmente la notte.
Nell'autunno, di notte, il vecchiotto cammina,
ma non ha piú la zucca, e le porte fumose
delle tampe dàn fuori ubriachi che cianciano soli.
È una gente che beve soltanto di notte

O tempo passa

O ancião, noutros tempos, sentado na relva,
esperava que o filho voltasse com o frango
semimorto e lhe dava dois tapas. Na rua
— caminhavam cedinho por essas colinas —
lhe explicava que o frango se abate com a unha
polegar, sem barulho, esganado entre os dedos.
No crepúsculo fresco marchavam debaixo das plantas
entupidos de fruta, e o rapaz carregava
a cabaça amarela nos ombros. O velho dizia
que os produtos do campo são de quem precisa,
tanto é que não nascem cercados. Primeiro se vê
bem à volta; depois é escolher a videira mais densa
e sentar-se na sombra e não ir até estar saciado.

Na cidade há quem coma galinhas. Nas ruas
não se veem galinhas. Mas vê-se o velhote
— tudo aquilo que resta do primeiro velho —
que, sentado na esquina, contempla os passantes
e, quem quer, lhe arremessa um trocado. O velhote não dá
nem um pio: falar sempre resseca a garganta,
e não há na cidade os tonéis transbordantes,
nem outubro nem nunca. Há as grades do bar
que têm cheiro de mosto, sobretudo de noite.
Pelas noites de outono o velhote caminha
— já não tem a cabaça — e as portas dos bares
fumarentos despejam uns ébrios que falam sozinhos.
É uma gente que bebe somente de noite

(*dal mattino ci pensa*) *e cosí si ubriaca.*
Il vecchiotto, ragazzo, beveva tranquillo;
ora, solo annusando, gli balla la barba:
fin che ficca il bastone tra i piedi a uno sbronzo
che va in terra. Lo aiuta a rialzarsi, gli vuota le tasche
(*qualche volta allo sbronzo è avanzato qualcosa*),
e alle due lo buttano fuori anche lui
dalla tampa fumosa, che canta, che sgrida
e che vuole la zucca e distendersi sotto la vite.

(mas de dia deseja) e assim se embebeda.
O velhote, garoto, bebia tranquilo;
hoje, só de o cheirar, já lhe tremem as barbas:
e então mete a bengala entre as pernas dum bêbado
que desaba. Ele o ajuda a se erguer e esvazia-lhe os bolsos
(certas vezes o bêbado traz qualquer coisa),
e às duas o expulsam do bar fumarento
sem perdão, e ele canta, esbraveja e pergunta
onde está a cabaça, querendo deitar sob as vinhas.

1934

Gente che non capisce

Sotto gli alberi della stazione si accendono i lumi.
Gella sa che a quest'ora sua madre ritorna dai prati
col grembiale rigonfio. In attesa del treno,
Gella guarda tra il verde e sorride al pensiero
di fermarsi anche lei, tra i fanali, a raccogliere l'erba.

Gella sa che sua madre da giovane è stata in città
una volta: lei tutte le sere col buio ne parte
e sul treno ricorda vetrine specchianti
e persone che passano e non guardano in faccia.
La città di sua madre è un cortile rinchiuso
tra muraglie, e la gente s'affaccia ai balconi.
Gella torna ogni sera con gli occhi distratti
di colori e di voglie, e spaziando dal treno
pensa, al ritmo monotono, netti profili di vie
tra le luci, e colline percorse di viali e di vita
e gaiezze di giovani, schietti nel passo e nel riso padrone.

Gella è stufa di andare e venire, e tornare la sera
e non vivere né tra le case né in mezzo alle vigne.
La città la vorrebbe su quelle colline,
luminosa, segreta, e non muoversi piú.
Cosí, è troppo diversa. Alla sera ritrova
i fratelli, che tornano scalzi da qualche fatica,
e la madre abbronzata, e si parla di terre
e lei siede in silenzio. Ma ancora ricorda
che, bambina, tornava anche lei col suo fascio dell'erba:

Gente que não entende

Sob as árvores de uma estação muitas luzes se acendem.
Gella sabe que agora sua mãe está voltando dos prados,
de avental carregado. À espera do trem,
Gella mira entre o verde e sorri com a ideia
de parar também ela entre os postes, catando a folhagem.

Gella sabe que a mãe quando jovem passou na cidade
uma vez: toda tarde ela parte de lá, ao crepúsculo,
e no trem rememora as vitrinas lustrosas
e as pessoas que passam e não olham nos olhos.
A cidade da mãe é um pátio fechado
entre muros, com gente a espreitar nos balcões.
Gella volta de noite com olhos absortos
de desejos e cores e, alheia ao vagão,
pensa, ao ritmo monótono, nítidos traços de ruas
entre as luzes, colinas cortadas por vias e vida
e alegria de jovens de andar decidido e sorriso seguro.

Gella odeia essas idas e vindas, voltar toda tarde
sem estar nem no meio das casas nem entre os vinhedos.
Ela quer a cidade naquelas colinas,
luminosa, secreta, e não mais se mexer.
Como está, tudo é estranho. De noite revê
os irmãos, que retornam descalços de algum afazer,
e sua mãe bronzeada, e se fala de terras
e ela senta em silêncio. Mas inda recorda
que, na infância, ela vinha também com seu feixe de plantas:

solamente, quelli erano giochi. E la madre che suda
a raccogliere l'erba, perché da trent'anni
l'ha raccolta ogni sera, potrebbe una volta
ben restarsene in casa. Nessuno la cerca.

Anche Gella vorrebbe restarsene, sola, nei prati,
ma raggiungere i piú solitari, e magari nei boschi.
E aspettare la sera e sporcarsi nell'erba
e magari nel fango e mai piú ritornare in città.
Non far nulla, perché non c'è nulla che serva a nessuno.
Come fanno le capre strappare soltanto le foglie piú verdi
e impregnarsi i capelli, sudati e bruciati,
di rugiada notturna. Indurirsi le carni
e annerirle e strapparsi le vesti, cosí che in città
non la vogliano piú. Gella è stufa di andare e venire
e sorride al pensiero di entrare in città
sfigurata e scomposta. Finché le colline e le vigne
non saranno scomparse, e potrà passeggiare
per i viali, dov'erano i prati, le sere, ridendo,
Gella avrà queste voglie, guardando dal treno.

mas então eram só brincadeiras. E a mãe, que transpira
recolhendo a folhagem, porque toda tarde
a recolhe há trinta anos, podia uma vez
descansar em sua casa. Ninguém notaria.

Também Gella queria ficar solitária nos prados
e alcançar os mais ermos, talvez se embrenhando nos bosques.
Esperar pela noite e sujar-se no mato
ou quem sabe na lama e jamais retornar à cidade.
Fazer nada, porque não há nada que sirva a ninguém.
Como fazem as cabras, puxar simplesmente as ervinhas mais
[verdes,
impregnando os cabelos suados e quentes
de rocio noturno. Enrijar bem as carnes
e queimá-las, rasgando os vestidos — assim na cidade
já não vão desejá-la. Está farta das idas e vindas
e sorri com a ideia de entrar na cidade
descomposta e desfeita. E enquanto as colinas e vinhas
não tiverem sumido, e puder passear
pelas ruas, à noite, sorrindo, onde havia as campinas,
Gella vai ansiar quando olhar pelo trem.

29-31 DE JULHO DE 1933

Casa in costruzione

Coi canneti è scomparsa anche l'ombra. Già il sole, di sghembo,
attraversa le arcate e si sfoga per vuoti
che saranno finestre. Lavorano un po' i muratori,
fin che dura il mattino. Ogni tanto rimpiangono
quando qui ci frusciavano ancora le canne,
e un passante accaldato poteva gettarsi sull'erba.

I ragazzi cominciano a giungere a sole piú alto.
Non lo temono il caldo. I pilastri isolati nel cielo
sono un campo di gioco migliore che gli alberi
o la solita strada. I mattoni scoperti
si riempion d'azzurro, per quando le volte
saran chiuse, e ai ragazzi è una gioia vedersi dal fondo
sopra il capo i riquadri di cielo. Peccato il sereno,
ché un rovescio di pioggia lassú da quei vuoti
piacerebbe ai ragazzi. Sarebbe un lavare la casa.

Certamente stanotte — poterci venire — era meglio:
la rugiada bagnava i mattoni e, distesi tra i muri,
si vedevan le stelle. Magari potevano accendere
un bel fuoco e qualcuno assalirli e pigliarsi a sassate.
Una pietra di notte può uccidere senza rumore.
Poi ci sono le biscie che scendono i muri
e che cadono come una pietra, soltanto piú molli.

Cosa accada di notte là dentro, lo sa solo il vecchio
che al mattino si vede discendere per le colline.

Casa em construção

Com os caniços a sombra se foi. De viés, o sol já
atravessa as arcadas e afunda em vazios
que serão as janelas. Pedreiros trabalham um pouco,
até o fim da manhã. Vez ou outra recordam
quando aqui balançavam as canas ainda
e um passante escaldado podia jogar-se na grama.

Os rapazes começam a chegar com o sol quase a pino.
O calor não os assusta. As pilastras dispersas no céu
são um campo esportivo melhor do que as árvores
ou a rua de sempre. Os tijolos, no barro,
se iluminam de azul, pois ainda os telhados
não existem, e ver desde o fundo os recortes do céu
na cabeça é a alegria dos jovens. É pena o bom tempo,
pois um banho de chuva descendo os vazios
lhes daria prazer. Era como um lavar-se da casa.

Certamente seria melhor — vir aqui — nesta noite:
o rocio molhava os tijolos e viam-se estrelas,
apoiados nos muros. Talvez se pudesse acender
uma bela fogueira e alguém os flagrar a pedradas
Uma pedra de noite é capaz de matar sem barulho.
Há ainda as serpentes que correm nos muros
e despencam que nem uma pedra, somente mais moles.

O que ocorre de noite lá dentro, só o velho é que sabe:
de manhã o percebem descendo por entre as colinas.

Lascia braci di fuoco là dentro e ha la barba strinata
dalla vampa e ha già preso tant'acqua, che, come il terreno,
non potrebbe cambiare colore. Fa ridere tutti
perché dice che gli altri si fanno la casa
col sudore e lui senza sudare ci dorme. Ma un vecchio
non dovrebbe durare alla notte scoperta.
Si capisce una coppia in un prato: c'è l'uomo e la donna
che si tengono stretti, e poi tornano a casa.
Ma quel vecchio non ha piú una casa e si muove a fatica.
Certamente qualcosa gli accade là dentro,
perché ancora al mattino borbotta tra sé.

Dopo un po' i muratori si buttano all'ombra.
È il momento che il sole ha investito ogni cosa
e un mattone a toccarlo ci scotta le mani.
S'è già visto una biscia piombare fuggendo
nella pozza di calce: è il momento che il caldo
fa impazzire perfino le bestie. Si beve una volta
e si vedono le altre colline ogn'intorno, bruciate,
tremolare nel sole. Soltanto uno scemo
resterebbe al lavoro e difatti quel vecchio
a quest'ora traversa le vigne, rubando le zucche.
Poi ci sono i ragazzi sui ponti, che salgono e scendono.
Una volta una pietra è finita sul cranio
del padrone e hanno tutti interrotto il lavoro
per portarlo al torrente e lavargli la faccia.

Deixa brasas acesas lá dentro e sua barba é tisnada
pela chama e apanhou tantas águas que, como o terreno,
não podia mudar mais de cor. Todos riem em torno
quando diz que as pessoas constroem a casa
com suor, enquanto ele ali dorme tranquilo. Mas ele
não devia passar toda a noite ao relento.
Um casal na campina se entende: se abraçam com força
a mulher e o homem e então voltam pra casa.
Mas o velho não tem uma casa e mal pode mover-se.
Qualquer coisa decerto lhe ocorre lá dentro,
pois murmura entre os dentes durante a manhã.

Em seguida os pedreiros se estendem na sombra.
É o momento em que o sol investiu tudo em volta
e ao tocar um tijolo se queimam as mãos.
Já se viu uma cobra tombar, ao fugir,
na caldeira de cal: e é então que o calor
deixa loucos até os animais. É a hora de um trago,
e ao redor se divisam as outras colinas, ardentes,
tremulando no sol. Pois somente um cretino
ficaria na lida, e de fato o bom velho
neste instante atravessa os vinhedos, roubando as abóboras.
Nessa altura os rapazes já sobem e descem andaimes.
Certa vez uma pedra acabou na cabeça
do patrão, o trabalho foi interrompido,
o levaram ao rio e lavaram seu rosto.

1933

Città in campagna

Papà beve al tavolo avvolto da pergole verdi
e il ragazzo s'annoia seduto. Il cavallo s'annoia
posseduto da mosche: il ragazzo vorrebbe acchiapparne,
ma Papà l'ha sott'occhio. Le pergole danno nel vuoto
sulla valle. Il ragazzo non guarda piú al fondo,
perché ha voglia di fare un gran salto. Alza gli occhi:
non c'è piú belle nuvole: gli ammassi splendenti
si son chiusi a nascondere il fresco del cielo.

Si lamenta, Papà, che ci sia da patire piú caldo
nella gita per vendere l'uva, che a mietere il grano.
Chi ha mai visto in settembre quel sole rovente
e doversi fermare al ritorno, dall'oste,
altrimenti gli crepa il cavallo. Ma l'uva è venduta;
qualcun altro ci pensa, di qui alla vendemmia:
se anche grandina, il prezzo è già fatto. Il ragazzo s'annoia,
il suo sorso Papà gliel'ha già fatto bere.
Non c'è piú che guardare quel bianco maligno,
sotto il nero dell'afa, e sperare nell'acqua.

Le vie fresche di mezza mattina eran piene di portici
e di gente. Gridavano in piazza. Girava il gelato
bianco e rosa: pareva le nuvole sode nel cielo.
Se faceva sto caldo in città, si fermavano a pranzo
nell'albergo. La polvere e il caldo non sporcano i muri
in città: lungo i viali le case son bianche.
Il ragazzo alza gli occhi alle nuvole orribili.

Cidade no campo

O papai bebe à mesa envolvido por pérgulas verdes
e o rapaz se entedia sentado. O cavalo modorra
recoberto de moscas: o jovem queria caçá-las,
mas papai o vigia. Ao vazio do vale se estendem
as latadas. O jovem não vê mais o fundo,
pois deseja atirar-se num salto. Ergue os olhos:
não há mais belas nuvens: as massas brilhantes
se fecharam, toldando o frescor desse céu.

O papai se lamenta por ter de sofrer mais calor
na viagem de venda das uvas que ao corte do trigo.
Quem já viu um sol destes tão quente em setembro
e ainda ter de parar no retorno em um bar,
do contrário o cavalo se estraga. Mas a uva está paga;
se preocupem os outros durante a vindima.
E que caia granizo: está feito o negócio. O rapaz
se entedia, e papai já o fez dar seu trago.
Só lhe resta mirar a brancura maligna
sob o escuro mormaço e esperar pela chuva.

Ruas frescas de meia manhã estavam cheias de alpendres
e de gente. Gritavam na praça. Corria o sorvete
branco e rosa, que nem nuvens firmes pairando no céu.
Se o calor na cidade era grande, paravam no almoço
num albergue. A poeira e o calor não estragam os muros
da cidade: avenidas e casas são brancas.
O rapaz ergue os olhos às nuvens horríveis.

In città stanno al fresco a far niente, ma comprano l'uva,
la lavorano in grandi cantine e diventano ricchi.
Se restavano ancora, vedevano in mezzo alle piante,
nella sera, ogni viale una fila di luci.

Tra le pergole nasce un gran vento. Il cavallo si scuote
e Papà guarda in aria. Laggiú nella valle
c'è la casa nel prato e la vigna matura.
Tutt'a un tratto fa freddo e le foglie si staccano
e la polvere vola. Papa beve sempre.
Il ragazzo alza gli occhi alle nuvole orribili.
Sulla valle c'è ancora una chiazza di sole.
Se si fermano qui, mangeranno dall'oste.

Na cidade se vive na folga, mas compram-se as uvas,
as trabalham em grandes cantinas e faz-se dinheiro.
Se ficassem mais tempo veriam por entre o arvoredo,
toda a noite, uma fila de luzes nas ruas.

Entre as pérgulas cresce uma aragem. O cavalo se agita
e papai olha o céu. Lá pra baixo, no vale,
há uma casa no prado e o vinhedo maduro.
De repente faz frio, a folhagem se solta
e a poeira decola. Papai inda bebe.
O rapaz ergue os olhos às nuvens terríveis.
Sobre o vale ainda há uma réstia de sol.
Se ficarem aqui, comerão na taberna.

1933

Atavismo

Il ragazzo respira piú fresco, nascosto
dalle imposte, fissando la strada. Si vedono i ciottoli
per la chiara fessura, nel sole. Nessuno cammina
per la strada. Il ragazzo vorrebbe uscir fuori
cosí nudo — la strada è di tutti — e affogare nel sole.

In città non si può. Si potrebbe in campagna,
se non fosse, sul capo, il profondo del cielo
che atterrisce e avvilisce. C'è l'erba che fredda
fa il solletico ai piedi, ma le piante che guardano
ferme, e i tronchi e i cespugli son occhi severi
per un debole corpo slavato, che trema.
Fino l'erba è diversa e ripugna al contatto.

Ma la strada è deserta. Passasse qualcuno
il ragazzo dal buio oserebbe fissarlo
e pensare che tutti nascondono un corpo.
Passa invece un cavallo dai muscoli grossi
e rintronano i ciottoli. Da tempo il cavallo
se ne va, nudo e senza ritegno, nel sole:
tantoché marcia in mezzo alla strada. Il ragazzo
che vorrebbe esser forte a quel modo e annerito
e magari tirare a quel carro, oserebbe mostrarsi.

Se si ha un corpo, bisogna vederlo. Il ragazzo non sa
se ciascuno abbia un corpo. Il vecchiotto rugoso
che passava al mattino, non può avere un corpo

Atavismo

O garoto respira mais fresco, escondido
por postigos, olhando pra rua. Da clara fissura
se percebe a calçada, no sol. Não caminha ninguém
pela rua. O rapaz gostaria de sair
assim nu — é de todos a rua — e afogar-se no sol.

Na cidade, não pode. No campo, talvez,
se não fosse o profundo do céu na cabeça,
que amedronta e humilha. Há a relva gelada
que faz cócega aos pés, mas as plantas que miram
e os arbustos e troncos são olhos severos
para um corpo tão débil e sem viço, que treme.
Até a relva é estranha e repugna ao contato.

Mas a rua é deserta. Se alguém a cruzasse,
lá do escuro o rapaz ousaria fitá-lo
e pensar que as pessoas escondem um corpo.
Mas quem passa é um cavalo de músculos fortes,
e a calçada ressoa. O cavalo demora
a partir, nu e sem pejo, debaixo do sol:
vai marchando no meio da rua. O rapaz,
que queria ser forte e moreno como ele
e quem sabe puxar a carroça, ousaria mostrar-se.

Se há um corpo, é preciso exibi-lo. O rapaz não percebe
que cada um tem um corpo. O velhote enrugado
que passava de dia não pode ter corpo

cosí pallido e triste, non può avere nulla
che atterrisca a quel modo. E nemmeno gli adulti
o le spose che dànno la poppa al bambino
sono nudi. Hanno un corpo soltanto i ragazzi.

Il ragazzo non osa guadarsi nel buio,
ma sa bene che deve affogare nel sole
e abituarsi agli sguardi del cielo, per crescere uomo.

assim pálido e triste; não pode haver nada
de tamanho pavor. Nem sequer os adultos
ou as mães que oferecem o peito aos meninos
estão nus. Têm um corpo somente os rapazes.

O garoto não ousa mirar-se no escuro,
mas bem sabe que deve afogar-se no sol
e habituar-se aos olhares do céu, para ser depois homem.

1934

Avventure

Sulla nera collina c'è l'alba e sui tetti
s'assopiscono i gatti. Un ragazzo è piombato
giú dal tetto stanotte, spezzandosi il dorso.
Vibra un vento tra gli alberi freschi: le nubi
rosse, in alto, son tiepide e viaggiano lente.
Giú nel vicolo spunta un cagnaccio, che fiuta
il ragazzo sui ciottoli, ma un rauco gnaulío
sale su tra i comignoli: qualcuno è scontento.

Nella notte cantavano i grilli, e le stelle
si spegnevano al vento. Al chiarore dell'alba
si son spenti anche gli occhi dei gatti in amore
che il ragazzo spiava. La gatta, che piange,
è perché non ha gatto. Non c'è nulla che valga
— né le vette degli alberi né le nuvole rosse —:
piange al cielo scoperto, come fosse ancor notte.

Il ragazzo spiava gli amori dei gatti.
Il cagnaccio, che fiuta il suo corpo ringhiando,
è arrivato e non era ancor l'alba: fuggiva
il chiarore dell'altro versante. Nuotando
dentro il fiume che infradicia come nei prati
la rugiada, l'ha colto la luce. Le cagne
ululavano ancora.

Aventuras

Sobre a negra colina alvorece, e nos tetos
entorpecem-se os gatos. De noite caiu
do telhado um rapaz que partiu a coluna.
Vibra um vento entre as árvores frescas: as nuvens
passam lentas lá em cima, vermelhas e mornas.
Um cachorro desponta no beco e fareja
o rapaz na calçada; um miado pungente
sobe das cumeeiras: alguém está triste.

Muitos grilos cantavam na noite, e as estrelas
apagavam-se ao vento. No claro da aurora
embotaram-se os olhos dos gatos no cio
que o rapaz espiava. A gata, se chora,
é porque não tem gato. Nada há que lhe sirva,
nem as copas das árvores nem as nuvens vermelhas:
chora ao céu descoberto, parecendo inda noite.

O rapaz espiava os amores dos gatos.
O cachorro, que cheira seu corpo rosnando,
chegou antes que a aurora surgisse: escapava
ao clarão da vertente contrária. Nadando
no regato, que molha assim como o rocio
sobre os prados, a luz o colheu. As cadelas
ululavam ainda.

Scorre il fiume tranquillo
e lo schiumano uccelli. Tra le nuvole rosse
piomban giú dalla gioia di trovarlo deserto.

O rio corre tranquilo,
agitado por pássaros. Dentre as nuvens vermelhas,
caem nele contentes de encontrá-lo deserto.

1935

Civiltà antica

Certo il giorno non trema, a guardarlo. E le case
sono ferme, piantate ai selciati. Il martello
di quell'uomo seduto scalpiccia su un ciottolo
dentro il molle terriccio. Il ragazzo che scappa
al mattino, non sa che quell'uomo lavora,
e si ferma a guardarlo. Nessuno lavora per strada.

L'uomo siede nell'ombra, che cade dall'alto
di una casa, piú fresca che un'ombra di nube,
e non guarda ma tocca i suoi ciottoli assorto.
Il rumore dei ciottoli echeggia lontano
sul selciato velato dal sole. Ragazzi
non ce n'è per le strade. Il ragazzo è ben solo
e s'accorge che tutti sono uomini o donne
che non vedono quel che lui vede e trascorrono svelti.

Ma quell'uomo lavora. Il ragazzo lo guarda,
esitando al pensiero che un uomo lavori
sulla strada, seduto come fanno i pezzenti.
E anche gli altri che passano, paiono assorti
a finire qualcosa e nessuno si guarda
alle spalle o dinanzi, lungo tutta la strada.
Se la strada è di tutti, bisogna goderla
senza fare nient'altro, guardandosi intorno,
ora all'ombra ora al sole, nel fresco leggero.

Civilização antiga

Se bem visto, o dia não treme. E as casas
estão firmes, plantadas no piso. O martelo
daquele homem sentado repica uma pedra
no terreno arenoso. O rapaz que fugiu
de manhã não percebe que o homem trabalha
e detém-se a olhá-lo. Não há quem trabalhe na rua.

O homem senta-se à sombra que cai lá do alto
de uma casa, mais fresca que sombra de nuvem,
e não olha mas toca suas pedras, absorto.
O barulho das pedras ecoa distante
na calçada que o sol ensombrece. Rapazes
não se veem na rua. O rapaz está só
e repara que todos são homens, mulheres
que não veem o que ele está vendo e caminham depressa.

Mas este homem trabalha. O rapaz o observa
e não entende que um homem trabalhe na rua,
agachado, no chão, como faz um mendigo.
Mesmo os outros que passam parecem absortos,
concentrados em algo, e ninguém lança a vista
para trás ou pra frente, ao longo da estrada.
Se a rua é de todos, pois há que gozá-la
sem fazer outra coisa, olhando ao redor,
ora à sombra ora ao sol, no suave frescor.

Ogni via si spalanca che pare una porta,
ma nessuno l'infila. Quell'uomo seduto
non s'accorge nemmeno, como fosse un pezzente,
della gente che viene e che va, nel mattino.

Cada rua escancara-se como uma porta,
mas ninguém as explora. Aquele homem sentado
nem sequer se dá conta, tal como um mendigo,
das pessoas que vêm e que vão na manhã.

1935

Ulisse

Questo è un vecchio deluso, perché ha fatto suo figlio
troppo tardi. Si guardano in faccia ogni tanto,
ma una volta bastava uno schiaffo. (Esce il vecchio
e ritorna col figlio che si stringe una guancia
e non leva piú gli occhi). Ora il vecchio è seduto
fino a notte, davanti a una grande finestra,
ma non viene nessuno e la strada è deserta.

Stamattina, è scappato il ragazzo, e ritorna
questa notte. Starà sogghignando. A nessuno
vorrà dire se a pranzo ha mangiato. Magari
avrà gli occhi pesanti e andrà a letto in silenzio:
due scarponi infangati. Il mattino era azzurro
sulle pioggie di un mese.

Per la fresca finestra
scorre amaro un sentore di foglie. Ma il vecchio
non si muove dal buio, non ha sonno la notte,
e vorrebbe aver sonno e scordare ogni cosa
come un tempo al ritorno dopo un lungo cammino.
Per scaldarsi, una volta gridava e picchiava.

Il ragazzo, che torna fra poco, non prende piú schiaffi.
Il ragazzo comincia a esser giovane e scopre
ogni giorno qualcosa e non parla a nessuno.
Non c'è nulla per strada che non possa sapersi
stando a questa finestra. Ma il ragazzo cammina

Ulisses

Este é um velho frustrado por ter feito seu filho
muito tarde. Perscrutam-se às vezes, na cara
— noutros tempos bastava um tabefe. (O pai sai
e retorna com o filho que esfrega a bochecha
sem erguer mais os olhos). O velho se senta
até a noite, diante da grande janela,
mas não passa ninguém pela rua deserta.

De manhã, o rapaz escapou e retorna
esta noite. Escarnece, decerto. A ninguém
vai dizer se comeu seu almoço. Talvez
tenha os olhos pesados e deite em silêncio:
duas botas de lama. Após um mês de chuva
a manhã era azul.

                    Pela fresca janela
entra um cheiro de folhas amargo. Já o velho
não se arreda do escuro e não dorme de noite,
mas queria ter sono e esquecer-se de tudo,
como outrora, ao voltar de uma longa jornada.
Aquecia-se, antes, gritando e batendo.

O rapaz, que já está de regresso, não leva mais tapas.
O rapaz começou a crescer e descobre
cada dia algo novo e não fala a ninguém.
Não há nada na rua que escape ao olhar
daqui desta janela. E o rapaz perambula

tutto il giorno per strada. Non cerca ancor donne
e non gioca piú in terra. Ogni volta ritorna.
Il ragazzo ha un suo modo di uscire di casa
che, chi resta, s'accorge di non farci piú nulla.

todo o dia na rua. Não busca mulheres
e não brinca no chão. Ao final, sempre volta.
O rapaz tem um jeito de ir-se de casa
que, quem fica, se sente jogado de lado.

1935

Disciplina

I lavori cominciano all'alba. Ma noi cominciamo
un po' prima dell'alba a incontrare noi stessi
nella gente che va per la strada. Ciascuno ricorda
di esser solo e aver sonno, scoprendo i passanti
radi — ognuno trasogna fra sé,
tanto sa che nell'alba spalancherà gli occhi.

Quando viene il mattino ci trova stupiti
a fissare il lavoro che adesso comincia.
Ma non siamo piú soli e nessuno piú ha sonno
e pensiamo con calma i pensieri del giorno
fino a dare in sorrisi. Nel sole che torna
siamo tutti convinti. Ma a volte un pensiero
meno chiaro — un sogghigno — ci coglie improvviso
e torniamo a guardare come prima del sole.
La città chiara assiste ai lavori e ai sogghigni.
Nulla può disturbare il mattino. Ogni cosa
può accadere e ci basta di alzare la testa
dal lavoro e guardare. Ragazzi scappati
che non fanno ancor nulla camminano in strada
e qualcuno anche corre. Le foglie dei viali
gettan ombre per strada e non manca che l'erba,
tra le case che assistono immobili. Tanti
sulla riva del fiume si spogliano al sole.
La città ci permette di alzare la testa
a pensarci, e sa bene che poi la chiniamo.

Disciplina

Os trabalhos começam na aurora. Mas nós começamos
um pouco antes da aurora a encontrarmos nós mesmos
nas pessoas que vão pela rua. Depois cada qual,
ao cruzar pelos raros passantes, se lembra
de estar só e com sono — deliram
entre si, mas sabendo que o dia abrirá seus olhos.

A manhã, quando vem, nos encontra aturdidos,
a mirar o trabalho que agora começa.
Não estamos mais sós e ninguém tem mais sono
e pensamos com calma as ideias do dia
até darmos um riso. No sol que retorna
todos nós confiamos. No entanto, às vezes,
uma ideia — um esgar — nos atinge de golpe
e voltamos a ver como antes do sol.
Clara assiste a cidade aos trabalhos e esgares.
Nada pode abalar a manhã. Tudo pode
ocorrer, só nos basta elevar a cabeça
do trabalho e olhar. Os rapazes vadios,
em idade inativa, caminham na rua
e alguns até correm. As folhas dos parques
lançam sombras na estrada e só falta o gramado
entre as casas que assistem imóveis. E muitos
sobre as margens do rio se despem ao sol.
A cidade nos deixa elevar a cabeça
e pensar, mas sabendo que após baixaremos.

1934

Paesaggio V

Le colline insensibili che riempiono il cielo
sono vive nell'alba, poi restano immobili
come fossero secoli, e il sole le guarda.
Ricoprirle di verde sarebbe una gioia
e nel verde, disperse, le frutta e le case.
Ogni pianta nell'alba sarebbe una vita
prodigiosa e le nuvole avrebbero un senso.

Non ci manca che un mare a risplendere forte
e inondare la spiaggia in un ritmo monotono.
Su dal mare non sporgono piante, non muovono foglie:
quando piove sul mare, ogni goccia è perduta,
come il vento su queste colline, che cerca le foglie
e non trova che pietre. Nell'alba, è un istante:
si disegnano in terra le sagome nere
e le chiazze vermiglie. Poi torna il silenzio.

Hanno un senso le coste buttate nel cielo
come case di grande città? Sono nude.
Passa a volte un villano stagliato nel vuoto,
cosí assurdo che pare passeggi su un tetto
di città. Viene in mente la sterile mole
delle case ammucchiate, che prende la pioggia
e si asciuga nel sole e non dà un filo d'erba.

Per coprire le case e le pietre di verde
— sí che il cielo abbia un senso — bisogna affondare

Paisagem v

Insensíveis colinas que cobrem o céu
estão vivas na aurora e então ficam imóveis,
com o sol que as contempla no peso dos séculos.
Recobri-las de verde seria uma alegria
e no verde, dispersas, as frutas e as casas.
Cada planta na aurora seria uma vida
estupenda, e as nuvens fariam sentido.

Só nos falta que um mar resplandeça mais forte
inundando esta praia num ritmo monótono.
Nesse mar não germinam arbustos ou folhas;
quando chove no mar, cada gota se perde
como o vento sobre estas colinas, que busca a folhagem
e recolhe só pedras. Na aurora, é um instante:
se desenham na terra sombrios perfis
e umas manchas vermelhas. Retorna o silêncio.

Têm sentido as encostas jogadas ao céu
como as casas da grande cidade? Estão nuas.
Vez em quando um nativo recorta o vazio,
tão absurdo que é como se andasse em telhados
da cidade. E a estéril montanha de casas
vem à mente, debaixo da chuva, empilhadas
e enxutas ao sol, sem um fio de grama.

Para encher essas casas e pedras de verde
— e esse céu de sentido — é preciso enterrar

dentro il buio radici ben nere. Al tornare dell'alba
scorrerebbe la luce fin dentro la terra
come un urto. Ogni sangue sarebbe piú vivo:
anche i corpi son fatti di vene nerastre.
E i villani che passano avrebbero un senso.

entre o escuro raízes bem negras. Na volta do dia
desceriam as luzes por dentro da terra
como um choque. Mais vivos seriam os sangues:
até os corpos são feitos de veias escuras.
E os nativos que passam fariam sentido.

1934

Indisciplina

L'ubriaco si lascia alle spalle le case stupite.
Mica tutti alla luce del sole si azzardano
a passare ubriachi. Traversa tranquillo la strada,
e potrebbe infilarsi nei muri, ché i muri ci stanno.
Solo un cane trascorre a quel modo, ma un cane si ferma
ogni volta che sente la cagna e la fiuta con cura.
L'ubriaco non guarda nessuno, nemmeno le donne.

Per la strada la gente, stravolta a guardarlo, non ride
e non vuole che sia l'ubriaco, ma i molti che inciampano
per seguirlo con gli occhi, riguardano innanzi
imprecando. Passato che c'è l'ubriaco,
tutta quanta la strada si muove piú lenta
nella luce del sole. Qualcuno che corre
come prima, è qualcuno che non sarà mai l'ubriaco.
Gli altri fissano, senza distinguere, il cielo e le case
che continuano a esserci, se anche nessuno li vede.

L'ubriaco non vede né case né cielo,
ma li sa, perché a passo malfermo percorre uno spazio
netto come le striscie di cielo. La gente impacciata
non comprende piú a cosa ci stiano le case,
e le donne non guardano gli uomini. Tutti
hanno come paura che a un tratto la voce
rauca scoppi a cantare e li segua nell'aria.

Indisciplina

O homem bêbado deixa pra trás construções espantadas.
Muito poucos se arriscam a sair sob o sol
nesse estado. Atravessa tranquilo a estrada
e podia enfiar-se nos muros, pois muros não faltam.
Só os cães perambulam assim, mas um cão se detém
toda vez que pressente a cadela e a fareja com zelo.
O homem bêbado não vê ninguém, nem sequer as mulheres.

As pessoas na rua, assustadas ao vê-lo, não riem
e não querem um bêbado ali, mas os vários que esbarram
ao segui-lo de perto retomam o passo
praguejando. Depois de sumir o homem bêbado,
toda a rua se move com mais lentidão
sob o sol descoberto. Se alguém vai mais rápido
e acelera, decerto é alguém diferente do bêbado.
Alguns outros, sem ver, lançam olhos às casas e ao céu
que persistem ali, mesmo se ninguém nunca os percebe.

Sem ver casas nem céu o homem bêbado segue,
mas os sente no andar vacilante que corta um espaço
com a mesma clareza do céu. As pessoas, travadas,
já não sabem o que fazem ali as tais casas,
e as mulheres não olham os homens. É como
se as pessoas temessem que súbito a voz
disparasse um som rouco e os seguisse pelo ar.

Ogni casa ha una porta, ma è inutile entrarci.
L'ubriaco non canta, ma tiene una strada
dove l'unico ostacolo è l'aria. Fortuna
che di là non c'è il mare, perché l'ubriaco
camminando traquillo entrerebbe anche in mare
e, scomparso, terrebbe sul fondo lo stesso cammino.
Fuori, sempre, la luce sarebbe la stessa.

Cada casa, uma porta, onde é inútil entrar.
Sem cantar, o homem bêbado segue uma rua
onde o único obstáculo é o vento. Por sorte
não há mar adiante, porque o homem bêbado
caminhando tranquilo entraria no mar
e, sumindo, faria no fundo esse mesmo caminho.
Ao ar livre estariam as luzes de sempre.

1933

Ritratto d'autore

a Leone

La finestra che guarda il selciato sprofonda
sempre vuota. L'azzurro d'estate, sul capo,
pare invece piú fermo e vi spunta una nuvola.
Qui non spunta nessuno. E noi siamo seduti per terra.

Il collega — che puzza — seduto con me
sulla pubblica strada, senza muovere il corpo
s'è levato i calzoni. Io mi levo la maglia.
Sulla pietra fa un gelo e il collega lo gode
piú di me che lo guardo, ma non passa nessuno.
La finestra di botto contiene una donna
color chiaro. Magari ha sentito quel puzzo
e ci guarda. Il collega è già in piedi che fissa.
Ha una barba, il collega, dalle gambe alla faccia,
che gli scusa i calzoni e germoglia tra i buchi
della maglia. È una barba che basta da sola.
Il collega è saltato per quella finestra,
dentro il buio, e la donna è scomparsa. Mi scappano gli occhi
alla striscia del cielo bel solido, nudo anche lui.

Io non puzzo perché non ho barba. Mi gela, la pietra,
questa mia schiena nuda che piace alle donne
perché è liscia: che cosa non piace alle donne?
Ma non passano donne. Passa invece la cagna
inseguita da un cane che ha preso la pioggia
tanto puzza. La nuvola liscia, nel cielo,
guarda immobile: pare un ammasso di foglie.

Retrato de autor

para Leone

A janela que mira a calçada se afunda
sempre nula. O azul do verão, sobre a testa,
ao contrário parece mais firme e revela uma nuvem.
Mas aqui não aparece ninguém. E ficamos sentados no chão.

O colega — que fede — sentado a meu lado
bem no meio da rua, com o corpo imóvel,
abaixou suas calças. Eu tiro o suéter.
Sobre a pedra faz frio, e o colega o desfruta
mais do que eu, que o vigio, mas não passa ninguém.
De repente a janela emoldura uma mulher
de cor clara. Talvez farejasse o mau cheiro
e nos olha. O colega, de pé, firma a vista.
Desde a cara até as pernas o amigo tem pelos
tão cerrados que servem de calça e germinam
entre os furos da malha. E é pelo bastante.
Meu amigo saltou por aquela janela
para o escuro, e a mulher já sumiu. Os meus olhos vagueiam
pela faixa do céu que também está nu e compacto.

Eu não fedo porque sou imberbe. Esta pedra congela-me
a coluna despida que atrai as mulheres
porque é lisa: e o que não atrai as mulheres?
Mas não passam mulheres. Quem passa é a cadela
e atrás dela um cachorro que esteve na chuva
e que fede. Uma nuvem bem lisa no céu
olha imóvel: parece um montinho de folhas.

Il collega ha trovato la cena stavolta.
Trattan bene, le donne, chi è nudo. Compare
finalmente alla svolta un gorbetta che fuma.
Ha le gambe d'anguilla anche lui, testa riccia,
pelle dura: le donne vorranno spogliarlo
un bel giorno e annusare se puzza di buono.
Quando è qui, stendo un piede. Va subito in terra
e gli chiedo una cicca. Fumiamo in silenzio.

O colega afinal conseguiu um jantar.
Com os nus as mulheres são boas. Por fim
aparece na esquina um moleque a fumar.
Também ele tem pernas de enguia e fios crespos,
pele dura: as mulheres desejam despi-lo
algum dia e sentir se ele tem um bom cheiro.
Quando chega, eu lhe dou uma rasteira. Ele tomba
e eu lhe peço uma guimba. Fumamos calados.

1934

Grappa a settembre

I mattini trascorrono chiari e deserti
sulle rive del fiume, che all'alba s'annebbia
e incupisce il suo verde, in attesa del sole.
Il tabacco, che vendono nell'ultima casa
ancor umida, all'orlo dei prati, ha un colore
quasi nero e un sapore sugoso: vapora azzurrino.
Tengon anche la grappa, colore dell'acqua.

È venuto un momento che tutto si ferma
e matura. Le piante lontano stan chete:
sono fatte piú scure. Nascondono frutti
che a una scossa cadrebbero. Le nuvole sparse
hanno polpe mature. Lontano, sui corsi,
ogni casa matura al tepore del cielo.

Non si vede a quest'ora che donne. Le donne non fumano
e non bevono, sanno soltanto fermarsi nel sole
e riceverlo tiepido addosso, come fossero frutta.
L'aria, cruda di nebbia, si beve a sorsate
come grappa, ogni cosa vi esala un sapore.
Anche l'acqua del fiume ha bevuto le rive
e le macera al fondo, nel cielo. Le strade
sono come le donne, maturano ferme.

A quest'ora ciascuno dovrebbe fermarsi
per la strada e guardare come tutto maturi.
C'è persino una brezza, che non smuove le nubi,

Grapa em setembro

As manhãs se consomem desertas e claras
sobre as margens do rio que na aurora se encobre
e ensombrece seu verde à espera do sol.
O tabaco que vendem na última casa
ainda úmida, à beira dos prados, tem cor
quase negra e um sabor suculento: vapora azulado.
E além disso há uma grapa tão clara quanto água.

É chegado o momento em que tudo se firma
e matura. Distantes as plantas descansam
e já estão mais escuras. Escondem os frutos
que a um tranco cairiam. As nuvens esparsas
trazem polpas maduras. Distante, nas ruas,
cada casa matura ao mormaço do céu.

A esta hora só passam mulheres. Mulheres não fumam
e não bebem, só sabem ficar sob o sol,
recebendo-o tépido, em cima, à maneira das frutas.
O ar cru, de neblina, é bebido a goladas
como a grapa, e de tudo se exala um sabor.
Até a água do rio engoliu as ribeiras
e as macera no fundo, ao céu. As estradas
são iguais às mulheres, maturam paradas.

Esta é a hora em que todos deviam parar
nas estradas e ver como tudo matura.
Vem até uma aragem que não move as nuvens,

ma che basta a dirigere il fumo azzurrino
senza romperlo: è un nuovo sapore che passa.
E il tabacco va intinto di grappa. È cosí che le donne
non saranno le sole a godere il mattino.

mas que chega a agitar a fumaça azulada
sem romper seus anéis: sabor novo que passa.
E o tabaco se embebe de grapa. Portanto não só
as mulheres terão o prazer da manhã.

1934

Balletto

È un gigante che passa volgendosi appena,
quando attende una donna, e non sembra che attenda.
Ma non fa mica apposta: lui fuma e la gente lo guarda.

Ogni donna che va con quest'uomo è una bimba
che si addossa a quel corpo ridendo, stupita
della gente che guarda. Il gigante s'avvia
e la donna è una parte di tutto il suo corpo,
solamente più viva. La donna non conta,
ogni sera è diversa, ma sempre una piccola
che ridendo contiene il culetto che danza.

Il gigante non vuole un culetto che danzi
per la strada, e pacato lo porta a sedersi
ogni sera alla sfida e la donna è contenta.
Alla sfida, la donna è stordita dagli urli
e, guardando il gigante, ritorna bambina.
Dai due pugilatori si sentono i tonfi
dei saltelli e dei pugni, ma pare che danzino
così nudi allacciati, e la donna li fissa
con gli occhietti e si morde le labbra contenta.
Si abbandona al gigante e ritorna bambina:
è un piacere appoggiarsi a una rupe che accoglie.

Se la donna e il gigante si spogliano insieme
— lo faranno più tardi — il gigante somiglia

Balé

É um gigante que passa movendo-se pouco,
a esperar uma mulher — não parece que espera.
Mas não faz de propósito: fuma e as pessoas o notam.

As mulheres que vão com este homem são moças
que se agarram a esse corpo sorrindo, espantadas
com os olhares dos outros. Avança o gigante
e a mulher é uma parte de todo o seu corpo,
só que ainda mais viva. A mulher não importa,
cada noite é uma nova, mas sempre miúda
que sorrindo controla a bundinha que dança.

O gigante não quer uma bundinha que dance
pela rua e, pacato, a conduz a assistir
toda a noite uma luta e a mulher se contenta.
Lá no boxe a mulher se atordoa com os gritos
e, olhando o gigante, retorna à infância.
Entre os saltos e murros dos dois pugilistas
as pancadas ressoam; parece que dançam
assim nus e enlaçados, e a moça os fixa
com os olhinhos, mordendo-se os lábios, contente
— se abandona ao gigante e retorna à infância,
é um prazer apoiar-se a um rochedo que acolhe.

Se a mulher e o gigante se despem no quarto
— e mais tarde o farão —, o gigante parece

alla placidità di una rupe, una rupe bruciante,
e la bimba, a scaldarsi, si stringe a quel masso.

um rochedo sereno, um rochedo que queima,
e a menina, esquentando-se, agarra o maciço.

1933

Paternità

Fantasia della donna che balla, e del vecchio
che è suo padre e una volta l'aveva nel sangue
e l'ha fatta una notte, godendo in un letto, bel nudo.
Lei s'affretta per giungere in tempo a svestirsi,
e ci sono altri vecchi che attendono. Tutti
le divorano, quando lei salta a ballare, la forza
delle gambe con gli occhi, ma i vecchi ci tremano.
Quasi nuda è la giovane. E i giovani guardano
con sorrisi, e qualcuno vorrebbe esser nudo.

Sembran tutti suo padre i vecchiotti entusiasti
e son tutti, malfermi, un avanzo di corpo
che ha goduto altri carpi. Anche i giovani un giorno
saran padri, e la donna è per tutti una sola.
È accaduto in silenzio. Una gioia profonda
prende il buio davanti alla giovane viva.
Tutti i corpi non sono che un corpo, uno solo
che si muove inchiodando gli sguardi di tutti.

Questo sangue, che scorre le membra diritte
della giovane, è il sangue che gela nei vecchi;
e suo padre che fuma in silenzio, a scaldarsi,
lui non salta, ma ha fatto la figlia che balla.
C'è un sentore e uno scatto nel corpo di lei
che è lo stesso nel vecchio, e nei vecchi. In silenzio
fuma il padre e l'attende che ritorni, vestita.

Paternidade

Fantasia da mulher que dança, e do velho
que é seu pai e outrora a levava no sangue
e a gerou numa noite, gozando na cama, sem roupa.
Ela tenta, depressa, despir-se a tempo
pois já há outros velhos que a esperam. E todos,
quando veem seus saltos na dança, devoram-lhe a força
dos quadris com os olhos, tremendo nas pernas.
Ela está quase nua. E os jovens a olham
com sorrisos, e alguns preferiam estar nus.

Os velhotes vibrantes parecem seu pai
e são todos malpostos, vestígios de um corpo
que gozou outros corpos. Os jovens um dia
serão pais, e a mulher é uma só para todos.
Ocorreu em silêncio. Alegria profunda
toma o escuro diante da jovem que vive.
Já os corpos não são mais que um corpo, um apenas,
a mover-se amarrando os olhares de todos.

Este sangue que corre nas pernas perfeitas
dessa jovem é o sangue que gela nos velhos;
e seu pai, que se aquece em silêncio, fumando,
não se mexe, mas fez uma filha que dança.
Há um cheiro e um impulso no corpo da moça
que é o mesmo no velho e nos velhos. Calado
o pai fuma e a espera voltar, já vestida.

Tutti attendono, giovani e vecchi, e la fissano;
e ciascuno, bevendo da solo, ripenserà a lei.

Todos param, os jovens e os velhos, e a miram;
cada um deles, bebendo sozinho, repensará nela.

1933

Atlantic Oil

Il meccanico sbronzo è felice buttato in un fosso.
Dalla piola, di notte, con cinque minuti di prato,
uno è a casa; ma prima c'è il fresco dell'erba
da godere, e il meccanico dorme che viene già l'alba.
A due passi, nel prato, è rizzato il cartello
rosso e nero: chi troppo s'accosti, non riesce piú a leggerlo,
tanto è largo. A quest'ora è ancor umido
di rugiada. La strada, di giorno, lo copre di polvere,
come copre i cespugli. Il meccanico, sotto, si stira nel sonno.

È l'estremo silenzio. Tra poco, al tepore del sole,
passeranno le macchine senza riposo, svegliando la polvere.
Improvvise alla cima del colle, rallentano un poco,
poi si buttano giú dalla curva. Qualcuna si ferma
nella polvere, avanti al garage, che la imbeve di litri.
I meccanici, un poco intontiti, saranno al mattino
sui bidoni, seduti, aspettando un lavoro.
Fa piacere passare il mattino seduto nell'ombra.
Qui la puzza degli olii si mesce all'odore di verde,
di tabacco e di vino, e il lavoro li viene a trovare
sulla porta di casa. Ogni tanto, c'è fino da ridere:
contadine che passano e dànno la colpa, di bestie e di spose
spaventate, al garage che mantiene il passaggio;
contadini che guardano bieco. Ciascuno, ogni tanto,
fa una svelta discesa a Torino e ritorna piú sgombro.

Atlantic Oil

Derreado em um fosso o mecânico bêbado alegra-se.
Desde o bar até a casa são cinco minutos, à noite,
pelo prado; mas antes há o fresco da relva
a gozar, e o mecânico dorme já quase na aurora.
A dois passos, no prado, se eleva o cartaz
rubro-negro: é tão grande que fica ilegível a quem
se aproxima. A esta hora está úmido ainda
de sereno. A estrada de dia o encobre de pó,
como encobre os arbustos. Embaixo o mecânico dorme.

O silêncio é total. Daqui a pouco, ao calor da solina,
passarão automóveis erguendo poeira, sem trégua ou descanso.
De repente despontam no monte, reduzem um pouco
e mergulham após uma curva. Alguns se detêm
na poeira, diante do posto, que os enche de litros.
Os mecânicos, meio estonteados, transcorrem o dia
em tonéis e, sem pressa, esperam trabalho.
Dá prazer ficar toda a manhã sob o fresco da sombra.
O fedor do petróleo se mescla ao aroma do verde,
do tabaco e do vinho, e o trabalho vem cedo colhê-los
na soleira de casa. Às vezes é até divertido:
camponesas que passam e culpam o posto das ânsias de esposas
e animais, pelo tanto barulho que faz;
camponeses que miram de esguelha. De tempos em tempos,
alguns deles dão um pulo em Turim e retornam mais leves.

Poi, tra il ridere e il vendere litri, qualcuno si ferma:
questi campi, a guardarli, son pieni di polvere
della strada e, a sedersi sull'erba, si viene scacciati.
Tra le coste, c'è sempre una vigna che piace sulle altre:
finirà che il meccanico sposa la vigna che piace
con la cara ragazza, e uscirà dentro il sole,
ma a zappare, e verrà tutto nero sul collo
e berrà del suo vino, torchiato le sere d'autunno in cantina.

Anche a notte ci passano macchine, ma silenziose,
tantoché l'ubriaco, nel fosso, non l'hanno svegliato.
Nella notte non levano polvere e il fascio dei fari
svela in pieno il cartello sul prato, alla curva.
Sotto l'alba trascorrono caute e non s'ode rumore,
se non brezza che passa, e toccata la cima
si dileguano nella pianura, affondando nell'ombra.

Entre risos e litros vendidos, alguém se dá conta:
a poeira da estrada tomou estes campos
e, bem visto, quem senta na grama se vê logo expulso.
Nas encostas, há sempre uma vinha melhor do que as outras:
algum dia o mecânico esposa o melhor dos vinhedos
— e a querida garota — e então sai para o sol
com a enxada e retorna com ombros queimados
a beber o seu vinho prensado nas noites de outono na adega.

Pela noite também passam carros, porém silenciosos,
tanto é que sequer despertaram o ébrio no fosso.
Não levantam poeira na noite, e a luz dos faróis
descortina o cartaz sobre o prado, na curva.
Na alvorada trafegam quietos, sem fazer barulho,
como a brisa que passa, e chegados ao cume
se diluem no vale afundando na sombra.

1933

Crepuscolo di sabbiatori

I barconi risalgono adagio, sospinti e pesanti:
quasi immobili, fanno schiumare la viva corrente.
È già quasi la notte. Isolati, si fermano:
si dibatte e sussulta la vanga sott'acqua.
Di ora in ora, altre barche son state fin qui.
Tanti corpi di donna han varcato nel sole
su quest'acqua. Son scese nell'acqua o saltate alla riva
a dibattersi in coppia, qualcuna, sull'erba.
Nel crepuscolo, il fiume è deserto. I due o tre sabbiatori
sono scesi con l'acqua alla cintola e scavano il fondo.
Il gran gelo dell'inguine fiacca e intontisce le schiene.
Quelle donne non sono che un bianco ricordo.

I barconi nel buio discendono grevi di sabbia,
senza dare una scossa, radenti: ogni uomo è seduto
a una punta e un granello di fuoco gli brucia alla bocca.
Ogni paio di braccia strascina il suo remo,
un tepore discende alle gambe fiaccate
e lontano s'accendono i lumi. Ogni donna è scomparsa,
che al mattino le barche portavano stesa
e che un giovane, dritto alla punta, spingeva sudando.
Quelle donne eran belle: qualcuna scendeva
seminuda e spariva ridendo con qualche compagno.
Quando un qualche inesperto veniva a cozzare,
sabbiatori levavano il capo e l'ingiuria moriva
sulla donna distesa come fosse già nuda.
Ora tornano tutti i sussulti, intravisti nell'erba,

Crepúsculo de areeiros

As barcaças afluem a custo, pesadas e lentas,
quase imóveis, fazendo espumar a vibrante corrente.
Vem a noite chegando. Uma a uma elas param:
se debatem e estremecem as dragas sob a água.
De hora em hora, outras barcas pararam aqui.
Quantos corpos de moça cruzaram estas águas
sob o sol. Mergulharam nas águas ou foram às margens,
divertindo-se, algumas, em duplas na relva.
No crepúsculo o rio é deserto. Dois ou três areeiros
apearam com água até os flancos e escavam o fundo.
A friagem que sobe as virilhas abala a coluna.
Essas moças não passam de uma alva lembrança.

As barcaças refluem no escuro, pesadas de areia,
sem nenhum solavanco, rasantes: cada homem se senta
numa ponta e um grãozinho de fogo lhes queima na boca.
Cada par de braçadas arrasta o seu remo,
um calor se propaga nas pernas cansadas
e lá longe se acendem as luzes. Sumiram as mulheres
que de dia as barcaças trouxeram estendidas
e que um jovem, alçado na ponta, impelia suando,
Eram belas mulheres: algumas desciam
quase nuas e rindo sumiam com um companheiro.
Quando algum aprendiz vinha dar suas batidas,
areeiros erguiam a testa e a injúria morria
na mulher estendida e já quase que nua.
Entrevistos na relva, os tremores agora retornam

a occupare il silenzio e ogni cosa s'accentra
sulla punta di fuoco, che vive. Ora l'occhio
si smarrisce nel fumo invisibile ch'esce di bocca
e le membra ritrovano l'urto del sangue.

In distanza, sul fiume, scintillano i lumi
di Torino. Due o tre sabbiatori hanno acceso
sulla prua il fanale, ma il fiume è deserto.
La fatica del giorno vorrebbe assopirli
e le gambe son quasi spezzate. Qualcuno non pensa
che a attraccare il barcone e cadere sul letto
e mangiare nel sonno, magari sognando.
Ma qualcuno rivede quei corpi nel sole
e avrà ancora la forza di andare in città, sotto i lumi,
a cercare ridendo tra la folla che passa.

ocupando o silêncio e as coisas se centram
sobre a ponta de fogo, que vibra. Ora o olho
se extravia no fumo invisível que emana da boca
e os membros retomam a força do sangue.

À distância, no rio, relampejam as luzes
de Turim. Dois ou três areeiros ligaram
o farol sobre a proa, no rio deserto.
O cansaço do dia os empurra pro sono
e as pernas estão destroçadas. Alguns só imaginam
atracar a barcaça e jogar-se na cama
e comer sonolentos, quem sabe sonhando.
Mas alguns se recordam dos corpos ao sol
e terão inda forças para ir à cidade e, sorrindo
sob as luzes, buscar entre a gente que passa.

1933

Il carrettiere

Lo stridore del carro scuote la strada.
Non c'è letto piú solo per chi, sotto l'alba,
dorme ancora disteso, sognando il buio.
Sotto il carro s'è spenta — lo dice il cielo —
la lanterna che dondola notte e giorno.

Va col carro un tepore che sa d'osteria,
di mammelle premute e di notte chiara,
di fatica contenta senza risveglio.
Va col carro nel sonno un ricordo già desto
di parole arrochite, taciute all'alba.
Il calore del vivo camino acceso
si riaccende nel corpo che sente il giorno.

Lo stridore piú roco, del carro che va,
ha dischiuso nel cielo che pesa in alto
una riga lontana di luce fredda.
È laggiú che s'accende il ricordo di ieri.
È laggiú che quest'oggi sarà il calore
l'osteria la veglia le voci roche
la fatica. Sarà sulla piazza aperta.
Ci saranno quegli occhi che scuotono il sangue.

Anche i sacchi, nell'alba che indugia, scuotono
chi è disteso e li preme, con gli occhi al cielo
che si schiude — il ricordo si stringe ai sacchi.

O carroceiro

O chiar da carroça sacode as estradas.
Não há leito mais triste pra quem, sob a aurora,
dorme ainda estendido, sonhando no escuro.
A carroça apagou — diz o céu — a lanterna
que embaixo balança de dia e de noite.

Nela vai um calor que recende a taberna
e a teta espremida e a noite clara,
a um cansaço feliz e sem despertar.
Nela vai com o sono a lembrança acordada
de palavras já roucas, caladas na aurora.
O calor da lareira vibrante e acesa
reacende no corpo que sente o dia.

O barulho mais rouco que sai da carroça
descerrou lá no céu, suspendido no alto,
uma faixa distante de frio brilho.
É lá embaixo que acende a lembrança de ontem.
É lá embaixo que hoje estarão o calor,
a taberna, a vigília, as vozes roucas,
o cansaço. Estarão sobre a praça aberta.
Haverá aqueles olhos que vibram o sangue.

Mesmo as sacas, na aurora que tarda, vibram
e comprimem quem dorme com olhos no céu
que se aclara — a memória se agarra às sacas.

Il ricordo s'affonda nell'ombra di ieri
dove balza il camino e la fiamma viva.

A memória mergulha na sombra de ontem
onde baila a lareira — e a chama viva.

5-8 DE DEZEMBRO DE 1939

Lavorare stanca

Traversare una strada per scappare di casa
lo fa solo un ragazzo, ma quest'uomo che gira
tutto il giorno le strade, non è più un ragazzo
e non scappa di casa.

                    Ci sono d'estate
pomeriggi che fino le piazze son vuote, distese
sotto il sole che sta per calare, e quest'uomo, che giunge
per un viale d'inutili piante, si ferma.
Val la pena esser solo, per essere sempre più solo?
Solamente girarle, le piazze e le strade
sono vuote. Bisogna fermare una donna
e parlarle e deciderla a vivere insieme.
Altrimenti, uno parla da solo. È per questo che a volte
c'è lo sbronzo notturno che attacca discorsi
e racconta i progetti di tutta la vita.

Non è certo attendendo nella piazza deserta
che s'incontra qualcuno, ma chi gira le strade
si sofferma ogni tanto. Se fossero in due,
anche andando per strada, la casa sarebbe
dove c'è quella donna e varrebbe la pena.
Nella notte la piazza ritorna deserta
e quest'uomo, che passa, non vede le case
tra le inutili luci, non leva più gli occhi:
sente solo il selciato, che han fatto altri uomini
dalle mani indurite, como sono le sue.

Trabalhar cansa

Travessar uma rua fugindo de casa
só um menino o faria, mas este homem que passa
todo o dia nas ruas não é mais menino
e não foge de casa.

        Em pleno verão,
até as praças se tornam vazias de tarde, deitadas
sob o sol que começa a cair, e este homem que chega
por um parque de plantas inúteis detém-se.
Vale a pena ser só para estar cada vez mais sozinho?
Simplesmente vagar, pois as praças e ruas
estão ermas. Forçoso é abordar uma mulher
e falar-lhe e fazê-la viver com você.
Do contrário, se fala sozinho. É por isso que às vezes
algum bêbado à noite dispara discursos
e repassa os projetos de toda sua vida.

Certamente não é esperando na praça deserta
que se encontram pessoas, mas quem anda nas ruas
se detém vez ou outra. Estivessem a dois,
mesmo andando na rua, sua casa estaria
onde está a mulher. Valeria a pena.
Mas de noite essa praça retorna ao vazio
e este homem que passa não vê as fachadas
entre luzes inúteis nem ergue seus olhos:
sente só o ladrilho que outros homens fizeram
com mãos secas e duras, assim como as suas.

Non è giusto restare sulla piazza deserta.
Ci sarà certamente quella donna per strada
che, pregata, vorrebbe dar mano alla casa.

Não é justo deixar-se na praça deserta.
Com certeza há de andar pela rua a mulher
que, chamada, viria ajudar com a casa.

1934

MATERNITÀ

MATERNIDADE

Una stagione

Questa donna una volta era fatta di carne
fresca e solida: quando portava un bambino,
si teneva nascosta e intristiva da sola.
Non amava mostrarsi sformata per strada.
Le altre volte (era giovane e senza volerlo
fece molti bambini) passava per strada
con un passo sicuro e sapeva godersi gli istanti.
I vestiti diventano vento le sere di marzo
e si stringono e tremano intorno alle donne che passano.
Il suo corpo di donna muoveva sicuro nel vento
che svaniva lasciandolo saldo. Non ebbe altro bene
che quel corpo, che adesso è consunto dai troppi figliuoli.

Nelle sere di vento si spande un sentore di linfe,
il sentore che aveva da giovane il corpo
tra le vesti superflue. Un sapore di terra bagnata,
che ogni marzo ritorna. Anche dove in città non c'è viali
e non giunge col sole il respiro del vento,
il suo corpo viveva, esalando di succhi
in fermento, tra i muri di pietra. Col tempo, anche lei,
che ha nutrito altri corpi, si è rotta e piegata.
Non è bello guardarla, ha perduto ogni forza;
ma, dei molti, una figlia ritorna a passare
per le strade, la sera, e ostentare nel vento
sotto gli alberi, solido e fresco, il suo corpo che vive.

Uma estação

A mulher a seu tempo era feita de carne
fresca e sólida: quando esperava um menino,
se mantinha escondida e sofria sozinha.
Não queria mostrar-se disforme na rua.
De outra vez (era jovem e sem que o quisesse
teve muitos meninos) passava na rua
com um passo seguro e sabia gozar cada instante.
Os vestidos transformam-se em vento nas noites de março
e se enlaçam dançando ao redor das mulheres que passam.
Feminino o seu corpo avançava seguro no vento
que abrandava deixando-o firme. Não teve outro bem
que seu corpo — agora acabado por todos os filhos.

Certas noites de vento dispersam eflúvios de linfa,
os eflúvios que tinha o seu corpo de jovem
entre as roupas supérfluas. Um gosto de terra molhada
que retorna em março. Até onde a cidade se fecha,
e não chega nem sol nem um sopro de vento,
o seu corpo vivia, impregnado de sucos
em fermento, entre os muros de pedra. E nos anos, mesmo ela,
que nutriu tantos corpos, rompeu-se e dobrou-se.
É difícil olhá-la, perdeu toda a força;
mas, da prole, uma filha passeia de novo
pelas ruas, à tarde, ostentando no vento
sob as árvores, sólido e fresco, o seu corpo que vive.

E c'è un figlio che gira e sa stare da solo
e si sa divertire da solo. Ma guarda nei vetri,
compiaciuto del modo che tiene a braccetto
la compagna. Gli piace, d'un gioco di muscoli,
accostarsela mentre rilutta e baciarla sul collo.
Soprattutto gli piace, poi che ha generato
su quel corpo, lasciarlo intristire e tornare a se stesso.
Un amplesso lo fa solamente sorridere e un figlio
lo farebbe indignare. Lo sa la ragazza, che attende,
e prepara se stessa a nascondere il ventre sformato
e si gode con lui, compiacente, e gli ammira la forza
di quel corpo che serve per compiere tante altre cose.

E há um filho que sai e se vira sozinho,
se diverte sozinho. E se vê nas vitrinas,
orgulhoso de como conduz pelo braço
a parceira. Ele gosta, num jogo de músculos,
de apertá-la — e que ela relute — e beijar-lhe o pescoço.
Sobretudo lhe agrada, após ter fecundado
esse corpo, deixá-lo minguar e voltar a si mesmo.
Um abraço lhe causa somente um sorriso, e um filho
lhe daria só raiva. Bem sabe a garota, que espera,
e se apressa ela mesma a esconder o seu ventre disforme,
entregando-se a ele, exultante e espantada com a força
desse corpo que pode cumprir um prodígio de coisas.

1933

Piaceri notturni

Anche noi ci fermiamo a sentire la notte
nell'instante che il vento è piú nudo: le vie
sono fredde di vento, ogni odore è caduto;
le narici si levano verso le luci oscillanti.

Abbiam tutti una casa che attende nel buio
che torniamo: una donna ci attende nel buio
stesa al sonno: la camera è calda di odori.
Non sa nulla del vento la donna che dorme
e respira; il tepore del corpo di lei
è lo stesso del sangue che mormora in noi.

Questo vento ci lava, che giunge dal fondo
delle vie spalancate nel buio; le luci
oscillanti e le nostre narici contratte
si dibattono nude. Ogni odore è un ricordo.
Da lontano nel buio sbucò questo vento
che s'abbatte in città: giú per prati e colline,
dove pure c'è un'erba che il sole ha scaldato
e una terra annerita di umori. Il ricordo
nostro è un aspro sentore, la poca dolcezza
della terra sventrata che esala all'inverno
il respiro del fondo. Si è spento ogni odore
lungo il buio, e in città non ci giunge che il vento.

Torneremo stanotte alla donna che dorme,
con le dita gelate a cercare il suo corpo,

Prazeres noturnos

Nós também nos detemos à escuta da noite
no instante em que o vento é mais cru: as estradas
estão frias de vento, e os odores se calam;
as narinas se erguem ao brilho oscilante.

Todos temos a casa que espera no escuro
nossa volta: no escuro uma mulher nos espera
estendida no sono. O aposento se aquece de cheiros.
Nada sabe do vento a mulher que descansa
e respira: o brando calor do seu corpo
é o mesmo do sangue que corre na gente.

Este vento nos lava, ele chega do fundo
das estradas abertas no escuro; as luzes
oscilantes e as nossas narinas crispadas
se debatem expostas. Cada cheiro, uma lembrança.
Desde longe, do escuro, soltou-se este vento
que castiga a cidade — colinas e prados
onde grassa uma relva que o sol escaldou,
uma terra entranhada de humores. Um áspero
cheiro é a nossa lembrança, esta pouca doçura
de uma terra estripada que exala no inverno
um alento profundo. No escuro apagou-se
todo cheiro, e só o vento nos chega à cidade.

Voltaremos de noite à mulher que descansa,
procurando o seu corpo com dedos gelados,

e un calore ci scuoterà il sangue, un calore di terra
annerita di umori: un respiro di vita.
Anche lei si è scaldata nel sole e ora scopre
nella sua nudità la sua vita piú dolce,
che nel giorno scompare, e ha sapore di terra.

e um calor vibrará nosso sangue, um calor que é de terra
entranhada de humores: um sopro de vida.
Também ela aqueceu-se ao sol e descobre
na nudez desta hora sua vida mais doce,
que de dia se perde e tem gosto de terra.

1933

La cena triste

Proprio sotto la pergola, mangiata la cena.
C'è lí sotto dell'acqua che scorre sommessa.
Stiamo zitti, ascoltando e guardando il rumore
che fa l'acqua a passare nel solco di luna.
Quest'indugio è il piú dolce.

                                La compagna, che indugia,
pare ancora che morda quel grappolo d'uva
tanto ha viva la bocca; e il sapore perdura,
come il giallo lunare, nell'aria. Le occhiate, nell'ombra,
hanno il dolce dell'uva, ma le solide spalle
e le guance abbrunite rinserrano tutta l'estate.

Son rimasti uva e pane sul tavolo bianco.
Le due sedie si guardano in faccia deserte.
Chissà il solco di luna che cosa schiarisce,
con quel suo lume dolce, nei boschi remoti.
Può accadere, anzi l'alba, che un soffio piú freddo
spenga luna e vapori, e qualcuno compaia.
Una debole luce ne mostri la gola
sussultante e le mani febbrili serrarsi
vanamente sui cibi. Continua il sussulto dell'acqua,
ma nel buio. Né l'uva né il pane son mossi.
I sapori tormentano l'ombra affamata,
che non riesce nemmeno a leccare sul grappolo
la rugiada che già si condensa. E, ogni cosa stillando
sotto l'alba, le sedie si guardano, sole.

O jantar triste

Bem debaixo da pérgula, após o jantar.
Ali embaixo há um córrego de águas tranquilas.
Em silêncio miramos, ouvindo o rumor
que a água faz ao passar na fissura da lua.
É a demora mais doce.

             A parceira se atarda,
quase como mordesse inda o cacho das uvas,
tão vermelha é sua boca; e o sabor permanece
no amarelo da lua, na brisa. Miradas na sombra
têm o doce das uvas, e os ombros compactos
com as faces queimadas encerram os meses de estio.

Pão e uvas ficaram na alvura da mesa.
Nossas duas cadeiras se miram vazias.
Que será que clareia a fissura lunar,
com seu lume sereno, nos bosques distantes?
Talvez antes da aurora uma aragem mais fria
leve a lua e os vapores, e alguém apareça.
Pode ser que a luz frágil revele a garganta
palpitante e umas mãos se fechando febris
nas comidas, em vão. Continua o balanço das águas,
mas no escuro. Intocados as uvas e o pão.
Os sabores atiçam a sombra faminta
que nem mesmo consegue lamber sobre o cacho
o rocio que já se condensa. As cadeiras se miram
solitárias, e tudo transpira na aurora.

Qualche volta alla riva dell'acqua un sentore,
come d'uva, di donna ristagna sull'erba,
e la luna fluisce in silenzio. Compare qualcuno,
ma traversa le piante incorporeo, e si lagna
con quel gemito rauco di chi non ha voce,
e si stende sull'erba e non trova la terra:
solamente, gli treman le nari. Fa freddo, nell'alba,
e la stretta di un corpo sarebbe la vita.
Piú diffusa del giallo lunare, che ha orrore
di filtrare nei boschi, è quest'ansia inesausta
di contatti e sapori che macera i morti.
Altre volte, nel suolo li tormenta la pioggia.

Certas vezes, à beira do córrego, um cheiro
de videira ou mulher paira acima da relva,
e a lua reflui em silêncio. Há alguém que aparece
e atravessa incorpóreo os arbustos; se queixa
com um rouco gemido de quem não tem voz
e se estende na relva e não acha sua terra:
as narinas lhe tremem, somente. Na aurora faz frio,
e o abraço de um corpo seria uma vida.
Mais difusa que o ouro lunar, que abomina
infiltrar-se nos bosques, é a ânsia incansável
de contatos e gostos que pisa nos mortos.
Outras vezes, no solo, atormenta-os a chuva.

1934

Paesaggio IV

a Tina

I due uomini fumano a riva. La donna che nuota
senza rompere l'acqua, non vede che il verde
del suo breve orizzonte. Tra il cielo e le piante
si distende quest'acqua e la donna vi scorre
senza corpo. Nel cielo si posano nuvole
come immobili. Il fumo si ferma a mezz'aria.

Sotto il gelo dell'acqua c'è l'erba. La donna
vi trascorre sospesa; ma noi la schiacciamo,
l'erba verde, col corpo. Non c'è lungo le acque
altro peso. Noi soli sentiamo la terra.
Forse il corpo allungato di lei, che è sommerso,
sente l'avido gelo assobirle il torpore
delle membra assolate e discioglierla viva
nell'immobile verde. Il suo capo non muove.

Era stesa anche lei, dove l'erba è piegata.
Il suo volto socchiuso posava sul braccio
e guardava nell'erba. Nessuno fiatava.
Stagna ancora nell'aria quel primo sciacquío
che l'ha accolta nell'acqua. Su noi stagna il fumo.
Ora è giunta alla riva e ci parla, stillante
nel suo corpo annerito che sorge fra i tronchi.
La sua voce è ben l'unico suono che si ode sull'acqua
— rauca e fresca, è la voce di prima.

Paisagem IV

para Tina

Há dois homens que fumam nas margens. A mulher dá
[braçadas
sem romper o véu d'água; em seu curto horizonte
vê apenas o verde. Entre as plantas e o céu
essa água se espraia e a mulher a percorre
incorpórea. No céu umas nuvens passeiam
quase imóveis. Detém-se no ar a fumaça.

Sob o gelo da água há a relva. A mulher
atravessa-a suspensa, mas nós esmagamos
com o corpo a erva verde. Não há naquela água
outro peso. Só nós desfrutamos a terra.
Talvez ela, em seu corpo alongado e submerso,
sinta o gelo voraz devorando o torpor
de seus membros tisnados, diluindo-a viva
na verdura parada. Sua testa não mexe.

Também ela deitava onde a relva é macia.
O seu rosto velado pousava no braço,
e ela olhava pra relva. Ninguém conversava.
Ainda paira no ar o primeiro marulho
com que a água a acolheu. Paira no alto a fumaça.
Veio agora à ribeira e nos fala, estilando
o seu corpo queimado que surge entre os troncos.
A sua voz é o único som que se impõe sobre as águas
— rouca e fresca, é a voz de costume.

Pensiamo, distesi
sulla riva, a quel verde piú cupo e piú fresco
che ha sommerso il suo corpo. Poi, uno di noi
piomba in acqua e traversa, scoprendo le spalle
in bracciate schiumose, l'immobile verde.

                              Pensamos, deitados
à ribeira, no verde mais fosco e mais fresco
que tragou o seu corpo. Depois um de nós
cai na água e atravessa, com ombros à mostra
em braçadas de espuma, esse verde imóvel.

                                                    1934

Un ricordo

Non c'è uomo che giunga a lasciare una traccia
su costei. Quant'è stato dilegua in un sogno
come via in un mattino, e non resta che lei.
Se non fosse la fronte sfiorata da un attimo,
sembrerebbe stupita. Sorridon le guance
ogni volta.

      Nemmeno s'ammassano i giorni
sul suo viso, a mutare il sorriso leggero
che s'irradia alle cose. Con dura fermezza
fa ogni cosa, ma sembra ogni volta la prima;
pure vive fin l'ultimo istante. Si schiude
il suo solido corpo, il suo sguardo raccolto,
a una voce sommessa e un po' rauca: una voce
d'uomo stanco. E nessuna stanchezza la tocca.

A fissarle la bocca, socchiude lo sguardo
in attesa: nessuno può osare uno scatto.
Molti uomini sanno il suo ambiguo sorriso
o la ruga improvvisa. Se quell'uomo c'è stato
che la sa mugolante, umiliata d'amore,
paga giorno per giorno, ignorando di lei
per chi viva quest'oggi.

      Sorride da sola
il sorriso piú ambiguo camminando per strada.

Uma recordação

Não há homem que possa imprimir uma marca
sobre ela. O que foi se dissolve num sonho
como rua em manhã, e só ela se fixa.
Se o semblante não fosse tocado num átimo,
se diria atônita. As faces sorriem
e sorriem.

      Tampouco se amoldam os dias
em seu rosto, alterando o suave sorriso
que se expande às coisas. Com dura firmeza
faz de tudo, mas como quem não deixa rastro;
porém vive até o último instante. Descerra
o seu corpo compacto, o olhar recolhido,
a uma voz sussurrante e algo rouca: uma voz
de homem lasso. E nenhuma fraqueza a atinge.

Se se mira sua boca, ela esquiva o olhar
à espera: ninguém pode ousar um impulso.
Muitos homens conhecem seu meio sorriso
ou a ruga imprevista. Se algum homem a tocou
e a ouviu se queixar, humilhada de amor,
paga dia após dia, esquecido por ela,
que hoje vive para outro.

      Passando na rua,
ela ri solitária o seu meio sorriso.

OUTUBRO DE 1935

La voce

Ogni giorno il silenzio della camera sola
si richiude sul lieve sciacquío d'ogni gesto
come l'aria. Ogni giorno la breve finestra
s'apre immobile all'aria che tace. La voce
rauca e dolce non torna nel fresco silenzio.

S'apre come il respiro di chi sia per parlare
l'aria immobile, e tace. Ogni giorno è la stessa.
E la voce è la stessa, che non rompe il silenzio,
rauca e uguale per sempre nell'immobilità
del ricordo. La chiara finestra accompagna
col suo palpito breve la calma d'allora.

Ogni gesto percuote la calma d'allora.
Se suonasse la voce, tornerebbe il dolore.
Tornerebbero i gesti nell'aria stupita
e parole parole alla voce sommessa.
Se suonasse la voce anche il palpito breve
del silenzio che dura, si farebbe dolore.

Tornerebbero i gesti del vano dolore,
percuotendo le cose nel rombo del tempo.
Ma la voce non torna, e il sussurro remoto
non increspa il ricordo. L'immobile luce
dà il suo palpito fresco. Per sempre il silenzio
tace rauco e sommesso nel ricordo d'allora.

A voz

Cada dia o silêncio do quarto isolado
se recolhe no leve marulho dos gestos
como o ar. Cada dia a estreita janela
se abre imóvel ao ar que se cala. A voz
rouca e doce não volta no fresco silêncio.

O ar imóvel se abre ao alento de quem
vai falar e se cala. É assim todo dia.
E a voz é a mesma, mas não rompe o silêncio,
rouca e igual como sempre na imobilidade
da memória. A clara janela acompanha
com sua breve batida o antigo sossego.

Cada gesto percute o antigo sossego.
Se soasse a voz, voltariam as dores.
Voltariam os gestos no ar espantado
e palavras, palavras à voz submissa.
Se essa voz ressoasse, até a breve batida
do silêncio que dura seria uma dor.

Voltariam os gestos das dores inúteis,
percutindo nas coisas o estrondo do tempo.
Mas a voz não retorna, e o sussurro distante
não encrespa a memória. Imóvel a luz
relampeja serena. E o silêncio se cala
para sempre, submisso, na imagem antiga.

23-26 DE MARÇO DE 1938

Maternità

Questo è un uomo che ha fatto tre figli: un gran corpo
poderoso, che basta a se stesso; a vederlo passare
uno pensa che i figli han la stessa statura.
Dalle membra del padre (la donna non conta)
debbon esser usciti, già fatti, tre giovani
come lui. Ma comunque sia il corpo dei tre,
alle membra del padre non manca una briciola
né uno scatto: si sono staccati da lui
camminandogli accanto.

                        La donna c'è stata,
una donna di solido corpo, che ha sparso
su ogni figlio del sangue e sul terzo c'è morta.
Pare strano ai tre giovani vivere senza la donna
che nessuno conosce e li ha fatti, ciascuno, a fatica
annientandosi in loro. La donna era giovane
e rideva e parlava, ma è un gioco rischioso
prender parte alla vita. È cosí che la donna
c'è restata in silenzio, fissando stravolta il suo uomo.

I tre figli hanno un modo di alzare le spalle
che quell'uomo conosce. Nessuno di loro
sa di avere negli occhi e nel corpo una vita
che a suo tempo era piena e saziava quell'uomo.
Ma, a vedere piegarsi un suo giovane all'orlo del fiume
e tuffarsi, quell'uomo non ritrova piú il guizzo
delle membra di lei dentro l'acqua, e la gioia

Maternidade

Este é um homem que teve três filhos: um corpo
poderoso, que basta a si mesmo; ao olhá-lo passar
se imagina que os filhos têm sua estatura.
Da estrutura do pai (a mulher não importa)
devem ter derivado, já feitos, três jovens
que nem ele. Apesar desses três grandes corpos,
à estrutura do pai sequer falta uma nesga,
nem o impulso: soltaram-se dele de um salto
caminhando a seu lado.

A mulher que existiu,
a mulher com um sólido corpo, espalhou
nesses filhos o sangue e morreu no terceiro.
É estranho aos três jovens viver sem a mãe
que nenhum conheceu e que os fez, cada um, com cansaço,
anulando-se neles. A mãe era jovem
e sorria e falava; é um jogo arriscado
tomar parte na vida. É assim que a mulher
se acabou em silêncio, mirando aturdida o seu homem.

Há um trejeito dos ombros no porte dos filhos
que esse homem conhece. Nenhum dentre os três
sabe que traz nos olhos, no corpo, uma vida
que a seu tempo era plena e saciava esse homem.
Mas ao ver um dos filhos dobrar-se na beira do rio
e lançar-se, esse homem já não vê sob as águas
o lampejo dos braços da esposa e a alegria

dei due corpi sommersi. Non ritrova piú i figli
se li guarda per strada e confronta con sé.
Quanto tempo è che ha fatto dei figli? I tre giovani
vanno invece spavaldi e qualcuno per sbaglio
s'è già fatto un figliolo, senza farsi la donna.

dos dois corpos imersos. E estranha seus filhos
se os encontra na rua e os compara consigo.
Quando foi que ele fez esses filhos? Os três
vão crescendo orgulhosos e um deles por erro
já gerou uma criança, sem ficar com a mulher.

1934

La moglie del barcaiolo

Qualche volta nel tiepido sonno dell'alba,
sola in sogno, le accade che ha sposato una donna.

Si distacca dal corpo materno una donna
magra e bianca che abbassa la piccola testa
nella stanza. Nel freddo barlume la donna
non attende il mattino; lavora. Trascorre
silenziosa: fra donne non occorre parola.

Mentre dorme, la moglie sa la barca sul fiume
e la pioggia che fuma sulla schiena dell'uomo.
Ma la piccola moglie chiude svelta la porta
e s'appoggia, e solleva gli sguardi nei suoi.
La finestra tintinna alla pioggia che scroscia
e la donna distesa, che mastica adagio,
tende un piatto. La piccola moglie lo riempie
e si siede sul letto e comincia a mangiare.

Mangia in fretta la piccola moglie furtiva
sotto gli occhi materni, come fosse una bimba
e resiste alla mano che le cerca la nuca.
Corre a un tratto alla porta e la schiude: le barche
sono tutte attraccate alla trave. Ritorna
piedi scalzi nel letto e s'abbracciano svelte.

Sono gelide e magre le labbra accostate,
ma nel corpo si fonde un profondo calore

A mulher do barqueiro

Certas vezes, no tépido sono da aurora,
só em sonhos, se vê desposada com outra.

A mulher se destaca do corpo materno
magra e branca, abaixando a cabeça pequena
no aposento. Na fria penumbra a mulher
não espera a manhã; já trabalha. Em silêncio
ela passa: as mulheres dispensam palavras.

Ao dormir, a mulher lembra a barca no rio,
sabe a chuva que escorre nas costas do homem.
Mas a esposa pequena fecha rápido a porta
e se apoia, erguendo seus olhos aos dela.
A janela tintina na chuva que estala
e a mulher, estendida, comendo sem pressa,
passa um prato. A pequena esposa se serve
e se senta na cama e aos poucos mastiga.

Come às pressas a esposa pequena e furtiva
sob os olhos maternos, que nem uma menina,
e resiste à mão que procura sua nuca.
Corre logo pra porta e a escancara: as barcas
estão todas atadas às traves. Retorna,
pés descalços na cama, e se abraçam depressa.

São gelados e magros os lábios unidos,
mas no corpo se infunde um profundo calor

tormentoso. La piccola moglie ora dorme
stesa accanto al suo corpo materno. È sottile
aspra come un ragazzo, ma dorme da donna.
Non saprebbe portare una barca, alla pioggia.

Fuori scroscia la pioggia nella luce sommessa
della porta socchiusa. Entra un poco di vento
nella stanza deserta. Se si aprisse la porta,
entrerebbe anche l'uomo, che ha veduto ogni cosa.
Non direbbe parola: crollerebbe la testa
col suo viso di scherno, alla donna delusa.

tormentoso. A esposa pequena ora dorme
aninhada ao seu corpo materno. É delgada
e acre como um rapaz, mas o sono é de moça.
Em suas mãos iria a pique uma barca na chuva.

Fora, a chuva crepita na luz opalina
do postigo entreaberto. Entra um pouco de vento
no aposento vazio. Mas, se a porta se abrisse,
o homem então entraria: ele viu toda a cena.
Não diria palavra, abanando a cabeça
com seu rosto de escárnio, à mulher iludida.

INVERNO DE 1937-38

La vecchia ubriaca

Piace pure alla vecchia distendersi al sole
e allargare le braccia. La vampa pesante
schiaccia il piccolo volto come schiaccia la terra.

Delle cose che bruciano non rimane che il sole.
L'uomo e il vino han tradito e consunto quelle ossa
stese brune nell'abito, ma la terra spaccata
ronza come una fiamma. Non occorre parola
non occorre rimpianto. Torna il giorno vibrante
che anche il corpo era giovane, piú rovente del sole.

Nel ricordo compaiono le grandi colline
vive e giovane come quel corpo, e lo sguardo dell'uomo
e l'asprezza del vino ritornano ansioso
desiderio: una vampa guizzava nel sangue
come il verde nell'erba. Per vigne e sentieri
si fa carne il ricordo. La vecchia, occhi chiusi,
gode immobile il cielo col suo corpo d'allora.

Nella terra spaccata batte un cuore piú sano
come il petto robusto di un padre o di un uomo:
vi si stringe la guancia aggrinzita. Anche il padre,
anche l'uomo, son morti traditi. La carne
si è consunta anche in quelli. Né il calore dei fianchi
né l'asprezza del vino non li sveglia mai piú.

A velha bêbada

Até a velha aprecia espichar-se no sol
e estirar bem os braços. A chama pesada
pisa o rosto pequeno como pisa o terreno.

Dessas coisas que queimam só o sol permanece.
Vinho e homens traíram e gastaram seus ossos
sob o escuro vestido, mas a terra gretada
zune como uma flama. A palavra é inútil,
o lamento é inútil. Volta o dia vibrante
em que o corpo era jovem, mais ardente que o sol.

Na lembrança ressurgem as grandes colinas,
juvenis e louçãs como o corpo, e o olhar de um homem
e a aspereza do vinho se tornam desejos
ansiosos: a chama vibrava no sangue
como o verde na relva. Por vinhas e trilhas
a lembrança se encorpa. Olhos baixos, a velha
goza imóvel o céu com seu corpo de outrora.

Nessa terra gretada pulsa um seio mais são,
como o peito robusto de um pai ou de um homem:
aproxima-lhe a face enrugada. Até o pai,
até o homem, morreram traídos. A carne
também neles gastou-se. Nem o fogo das ancas
nem o travo do vinho poderão despertá-los.

Per le vigne distese la voce del sole
aspra e dolce susurra nel diafano incendio,
come l'aria tremasse. Trema l'erba d'intorno.
L'erba è giovane come la vampa del sole.
Sono giovani i morti nel vivace ricordo.

Pelas vinhas extensas as vozes do sol
acre-doce murmuram no diáfano incêndio
como um ar que tremesse. Treme a relva ao redor.
Uma relva tão sã quanto a chama do sol.
E são jovens os mortos na avivada lembrança.

22-28 DE NOVEMBRO DE 1937

Paesaggio VIII

I ricordi cominciano nella sera
sotto il fiato del vento a levare il volto
e ascoltare la voce del fiume. L'acqua
è la stessa, nel buio, degli anni morti.

Nel silenzio del buio sale uno sciacquo
dove passano voci e risa remote;
s'accompagna al brusío un colore vano
che è di sole, di rive e di sguardi chiari.
Un'estate di voci. Ogni viso contiene
come un frutto maturo un sapore andato.

Ogni occhiata che torna, conserva un gusto
di erba e cose impregnate di sole a sera
sulla spiaggia. Conserva un fiato di mare.
Come un mare notturno è quest'ombra vaga
di ansie e brividi antichi, che il cielo sfiora
e ogni sera ritorna. Le voci morte
assomigliano al frangersi di quel mare.

Paisagem VIII

As lembranças começam ao fim da tarde
sob o sopro do vento a erguer o rosto
e a escutar a cantiga do rio. A água
é a mesma, no escuro, dos anos mortos.

No silêncio do escuro sobe um marulho
onde escoam-se vozes e risos remotos;
acompanha o barulho uma cor inútil,
que é de sol e de margens, de olhares claros.
Um estio de vozes. Retém cada rosto,
como um fruto maduro, um sabor passado.

Cada olhar que retorna conserva um gosto
de pastagem e coisa curtida ao sol
numa tarde de praia. E um cheiro de mar.
Esta sombra indecisa é um mar noturno
de tremores e ânsias antigas, que o céu
roça e à noite regressa. Estas vozes mortas
assemelham-se aos golpes daquele mar.

9 DE AGOSTO DE 1940

.

LEGNA VERDE
LENHA VERDE

Esterno

Quel ragazzo scomparso al mattino, non torna.
Ha lasciato la pala, ancor fredda, all'uncino
— era l'alba — nessuno ha voluto seguirlo:
si è buttato su certe colline. Un ragazzo
dell'età che comincia a staccare bestemmie,
non sa fare discorsi. Nessuno
ha voluto seguirlo. Era un'alba bruciata
di febbraio, ogni tronco colore del sangue
aggrumato. Nessuno sentiva nell'aria
il tepore futuro.

              Il mattino è trascorso
e la fabbrica libera donne e operai.
Nel bel sole, qualcuno — il lavoro riprende
tra mezz'ora — si stende a mangiare affamato.
Ma c'è un umido dolce che morde nel sangue
e alla terra dà brividi verdi. Si fuma
e si vede che il cielo è sereno, e lontano
le colline son viola. Varrebbe la pena
di restarsene lunghi per terra nel sole.
Ma a buon canto si mangia. Chi sa se ha mangiato
quel ragazzo testardo? Dice un secco operaio,
che, va bene, la schiena si rompe al lavoro,
ma mangiare si mangia. Si fuma persino.
L'uomo è come una bestia, che vorrebbe far niente.

Exterior

O rapaz que sumiu de manhã não retorna.
Pendurou sua pá, ainda fria, no gancho
— na alvorada —, e ninguém se animou a segui-lo:
abalou para certas colinas. Um jovem,
nessa idade em que dão pra soltar suas blasfêmias,
não é hábil no verbo. Ninguém
se animou a segui-lo. Era um dia gelado
— fevereiro — em que os troncos parecem de sangue
ressecado. Ninguém pressentia na brisa
o futuro calor.

                    A manhã transcorreu;
operários, mulheres, são soltos da fábrica.
No sol lindo, há os que — em meia hora o trabalho
recomeça — se estendem famintos e comem.
Mas se sente a umidade que morde no sangue,
com um verde arrepio na terra. Uns fumam
e contemplam a calma do céu; na distância
as colinas são roxas. Seria um prazer
continuar estendido no chão sob o sol.
Mas comer já está bom. Vai saber se o rapaz
tão teimoso comeu. Diz um magro operário
que está bem, o trabalho nos quebra a coluna,
mas comer nós comemos. Fumamos, até.
O homem é como uma besta: não quer fazer nada.

Son le bestie che sentono il tempo, e il ragazzo
l'ha sentito dall'alba. E ci sono dei cani
che finiscono marci in un fosso: la terra
prende tutto. Chi sa se il ragazzo finisce
dentro un fosso, affamato? È scappato nell'alba
senza fare discorsi, con quattro bestemmie,
alto il naso nell'aria.

                Ci pensano tutti
aspettando il lavoro, come un gregge svogliato.

São os bichos que sentem o tempo, e o rapaz
o sentiu na alvorada. E há ainda uns cachorros
que terminam fedendo em um poço: é que a terra
toma tudo. Quem sabe o rapaz não termina
em um poço, faminto. Escapou na alvorada
sem palavras bonitas, com quatro blasfêmias,
de nariz empinado.

Esperando o trabalho
todos pensam no jovem, como um gado sem fibra.

1934

Fumatori di carta

Mi ha condotto a sentir la sua banda. Si siede in un angolo
e imbocca il clarino. Comincia un baccano d'inferno.
Fuori, un vento furioso e gli schiaffi, tra i lampi,
della pioggia fan sì che la luce vien tolta,
ogni cinque minuti. Nel buio, le facce
dànno dentro stravolte, a suonare a memoria
un ballabile. Energico, il povero amico
tiene tutti, dal fondo. E il clarino si torce,
rompe il chiasso sonoro, s'inoltra, si sfoga
come un'anima sola, in un secco silenzio.

Questi poveri ottoni son troppo sovente ammaccati:
contadine le mani che stringono i tasti,
e le fronti, caparbie, che guardano appena da terra.
Miserabile sangue fiaccato, estenuato
dalle troppe fatiche, si sente muggire
nelle note e l'amico li guida a fatica,
lui che ha mani indurite a picchiare una mazza,
a menare una pialla, a strapparsi la vita.

Li ebbe un tempo i compagni e non ha che trent'anni.
Fu di quelli di dopo la guerra, cresciuti alla fame.
Venne anch'egli a Torino, cercando una vita,
e trovò le ingiustizie. Imparò a lavorare
nelle fabbriche senza un sorriso. Imparò a misurare
sulla propria fatica la fame degli altri,
e trovò dappertutto ingiustizie. Tentò darsi pace

Fumantes baratos

Me levou pra escutar sua banda. Sentou-se num canto
e embocou o clarinete. Começa um barulho infernal.
Uma chuva de açoite e de raios e um vento
furioso, lá fora, cortavam a luz
cada cinco minutos. Os rostos, no escuro,
transtornados procuram tocar de memória
uma dança. Com garra, o coitado do amigo
rege todos, do fundo. O instrumento se torce,
rompe a mescla sonora, se eleva e se expande
como uma alma isolada, num seco silêncio.

Estes pobres metais com frequência se mostram batidos:
camponesas as mãos que dedilham as chaves
e as cabeças, teimosas, que mal tiram os olhos do chão.
Miserável o sangue exaurido, esgotado
pelos tantos cansaços, se escuta na noite
seu mugido, e o amigo os conduz com esforço,
com as mãos calejadas de usar a marreta,
manejar uma plaina e dar cabo da vida.

Já não tem camaradas e mal fez trinta anos.
Foi daqueles crescidos na fome total do pós-guerra.
Também foi a Turim, à procura da vida,
e encontrou injustiça. Aprendeu seu ofício
sem um riso, lá dentro das fábricas. Soube medir
com o próprio cansaço a miséria dos outros
e ao redor só encontrou a injustiça. Tentou se dar paz

camminando, assonnato, le vie interminabili
nella notte, ma vide soltanto a migliaia i lampioni
lucidissimi, su iniquità: donne rauche, ubriachi,
traballanti fantocci sperduti. Era giunto a Torino
un inverno, tra lampi di fabbriche e scorie di fumo;
e sapeva cos'era lavoro. Accettava il lavoro
come un duro destino dell'uomo. Ma tutti gli uomini
lo accettassero e al mondo ci fosse giustizia.
Ma si fece i compagni. Soffriva le lunghe parole
e dovette ascoltarne, aspettando la fine.
Se li fece i compagni. Ogni casa ne aveva famiglie.
La città ne era tutta accerchiata. E la faccia del mondo
ne era tutta coperta. Sentivano in sé
tanta disperazione da vincere il mondo.

Suona secco stasera, malgrado la banda
che ha istruito a uno a uno. Non bada al frastuono
della pioggia e alla luce. La faccia severa
fissa attenta un dolore, mordendo il clarino.
Gli ho veduto questi occhi una sera, che soli,
col fratello, più triste di lui di dieci anni,
vegliavamo a una luce mancante. Il fratello studiava
su un inutile tornio costrutto da lui.
E il mio povero amico accusava il destino
che li tiene inchiodati alla pialla e alla mazza
a nutrire due vecchi, non chiesti.

D'un tratto gridò
che non era il destino se il mondo soffriva,
se la luce del sole strappava bestemmie:
era l'uomo, colpevole. Almeno potercene andare,

percorrendo, com sono, avenidas sem fim
noite adentro, mas viu simplesmente milhares de postes
luminosos sobre a iniquidade: mulheres roufenhas
e embriagados fantoches perdidos. Chegara a Turim
num inverno, entre brilhos de fábrica e escórias de fumo;
e sabia o que era trabalho. Aceitava o trabalho
como um duro destino dos homens. Se todos os homens
o aceitassem, no mundo haveria justiça.
Fez alguns camaradas. Penava nos longos discursos
que devia escutar, esperando o final.
Fez alguns camaradas. Nas casas, mantinham famílias.
A cidade cercava-se deles. E a face do mundo
recobria-se deles. Sentiam em si
a agonia capaz de vencer todo o mundo.

Toca seco esta noite, malgrado o conjunto
que formou, um a um. Não lhe importa o estrondo
dos trovões e da luz. O semblante severo
fixa atento uma dor, e ele morde o clarim.
Entrevi o mesmo olhar numa noite em que, sós,
com o irmão, mais tristonho do que ele dez anos,
vigilávamos numa luz fraca. O irmão estudava
sobre um torno sem préstimo, feito por ele.
O coitado do amigo acusava o destino
que os havia amarrado à marreta e à plaina
pra cuidar de dois velhos, herdados.

                    Gritou de repente
que não era destino se o mundo sofria
ou se os raios do sol arrancavam blasfêmias:
o culpado era o homem: *Se ao menos pudéssemos ir,*

far la libera fame, rispondere no
a una vita che adopera amore e pietà,
la famiglia, il pezzetto di terra, a legarci le mani.

sofrer fome, libertos, saber dizer não
a uma vida que empenha o amor e a família,
a piedade, o pedaço de terra, pra atar-nos as mãos.

30 DE AGOSTO-11 DE SETEMBRO DE 1932

Una generazione

Un ragazzo veniva a giocare nei prati
dove adesso s'allungano i corsi. Trovava nei prati
ragazzotti anche scalzi e saltava di gioia.
Era bello scalzarsi nell'erba con loro.
Una sera di luci lontane echeggiavano spari,
in città, e sopra il vento giungeva pauroso
un clamore interrotto. Tacevano tutti.
Le colline sgranavano punti di luce
sulle coste, avvivati dal vento. La notte
che oscurava finiva per spegnere tutto
e nel sonno duravano solo freschezze di vento.

(Domattina i ragazzi ritornano in giro
e nessuno ricorda il clamore. In prigione
c'è operai silenziosi e qualcuno è già morto.
Nelle strade han coperto le macchie di sangue.
La città di lontano si sveglia nel sole
e la gente esce fuori. Si guardano in faccia).
I ragazzi pensavano al buio dei prati
e guardavano in faccia le donne. Perfino le donne
non dicevano nulla e lasciavano fare.
I ragazzi pensavano al buio dei prati
dove qualche bambina veniva. Era bello far piangere
le bambine nel buio. Eravamo i ragazzi.
La città ci piaceva di giorno: la sera, tacere
e guardare le luci in distanza e ascoltare i clamori.

Uma geração

Um rapaz costumava brincar nas pastagens
onde agora avenidas se alongam. Topava nos prados
com garotos descalços; tudo era alegria.
Era bom descalçar-se na relva com eles.
Numa tarde de luzes distantes ouviram-se tiros
na cidade e, acima do vento, medonho,
um clamor descontínuo. Calaram-se todos.
Das colinas brotavam sementes de luz,
nas encostas batidas de vento. E a noite
que caía acabava apagando o que existe
— perduravam no sono somente as lufadas de vento.

(Amanhã os rapazes vão dar outra volta
e ninguém já recorda o clamor. Na prisão
há operários calados e alguns estão mortos.
Nas estradas cobriram as manchas de sangue.
A cidade distante desperta com sol
e as pessoas circulam, se espreitam nos olhos).
Os rapazes pensavam no escuro dos prados
e miravam as mulheres na cara. Nem mesmo as mulheres
arriscavam falar e deixavam correr.
Os rapazes pensavam no escuro dos prados
aonde vinham algumas garotas. Foi bom tirar lágrimas
de meninas no escuro. Nós éramos jovens.
A cidade era boa de dia. De noite, calar
e mirar essas luzes ao longe, escutando os clamores.

Vanno ancora ragazzi a giocare nei prati
dove giungono i corsi. E la notte è la stessa.
A passarci si sente l'odore dell'erba.
In prigione ci sono gli stessi. E ci sono le donne
come allora, che fanno bambini e non dicono nulla.

Ainda vão uns rapazes brincar nas pastagens
onde as ruas terminam. A noite é a mesma.
A fragrância da relva se sente ao passar.
Na prisão continuam os mesmos. E tal qual outrora
as mulheres produzem meninos e não dizem nada.

1934

Rivolta

Quello morto è stravolto e non guarda le stelle:
ha i capelli incollati al selciato. La notte è piú fredda.
Quelli vivi ritornano a casa, tremandoci sopra.
È difficile andare con loro; si sbandano tutti
e chi sale una scala, chi scende in cantina.
C'è qualcuno che va fino all'alba e si butta in un prato
sotto il sole. Domani qualcuno sogghigna
disperato, al lavoro. Poi, passa anche questa.

Quando dormono, sembrano il morto: se c'è anche una donna,
è piú greve il sentore, ma paiono morti.
Ogni corpo si stringe stravolto al suo letto
come al rosso selciato: la lunga fatica
fin dall'alba, val bene una breve agonia.
Su ogni corpo coagula un sudicio buio.
Solamente, quel morto è disteso alle stelle.

Pare morto anche il mucchio di cenci, che il sole
scalda forte, appoggiato al muretto. Dormire
per la strada dimostra fiducia nel mondo.
C'è una barba tra i cenci e vi corrono mosche
che han da fare; i passanti si muovono in strada
come mosche; il pezzente è una parte di strada.
La miseria ricopre di barba i sogghigni
come un'erba, e dà un'aria pacata. Sto vecchio
che poteva morire stravolto, nel sangue,
pare invece una cosa ed è vivo. Cosí,

Revolta

Esse morto está torto e não olha as estrelas:
tem cabelos colados no piso. Mais fria é a noite.
Quanto aos vivos, retornam à casa, tremendo nas pernas.
É difícil seguir o seu passo, pois todos debandam;
há quem suba as escadas, quem desça às cantinas.
Há alguém que caminha até a aurora e se joga num prado
sob o sol. Amanhã algum outro rirá
sem esperança, ao trabalho. Depois isso passa.

Quando dormem, parecem o morto: e, se há uma mulher,
é mais forte o odor — se assemelham aos mortos.
Cada corpo se agarra torcido à sua cama
como ao rubro lajedo: o cansaço que dura
desde a aurora compensa uma breve agonia.
Coagula nos corpos um sujo sombrio.
Simplesmente esse morto se estende às estrelas.

Há um monte de trapos de ar morto que o sol
esturrica, apoiado a um muro. Dormir
pelas ruas demonstra confiança no mundo.
Há uma barba entre os trapos corrida por moscas
diligentes; passantes se movem na rua
como moscas; o pobre é uma parte da rua.
A miséria recobre de barba os esgares
como uma erva, o que dá certa calma. Este velho
que podia morrer retorcido, no sangue,
se assemelha a uma coisa e está vivo. E assim,

tranne il sangue, ogni cosa è una parte di strada.
Pure, in strada le stelle hanno visto del sangue.

salvo o sangue, essas coisas são parte da rua.
Entretanto as estrelas veem sangue nas ruas.

1934

Legna verde

a Massimo

L'uomo fermo ha davanti colline nel buio.
Fin che queste colline saranno di terra,
i villani dovranno zapparle. Le fissa e non vede,
come chi serri gli occhi in prigione ben sveglio.
L'uomo fermo — che è stato in prigione — domani riprende
il lavoro coi pochi compagni. Stanotte è lui solo.

Le colline gli sanno di pioggia: è l'odore remoto
che talvolta giungeva in prigione nel vento.
Qualche volta pioveva in città: spalancarsi
del respiro e del sangue alla libera strada.
La prigione pigliava la pioggia, in prigione la vita
non finiva, talvolta filtrava anche il sole:
i compagni attendevano e il futuro attendeva.

Ora è solo. L'odore inaudito di terra
gli par sorto dal suo stesso corpo, e ricordi remoti
— lui conosce la terra — costringerlo al suolo,
a quel suolo reale. Non serve pensare
che la zappa i villani la picchiano in terra
come sopra un nemico e che si odiano a morte
come tanti nemici. Hanno pure una gioia
i villani: quel pezzo di terra divelto.
Cosa importano gli altri? Domani nel sole
le colline saranno distese, ciascuno la sua.

Lenha verde

para Massimo

O homem imóvel depara colinas no escuro.
Até que estas colinas se cubram de terra,
os roceiros terão de lavrá-las. Ele olha e não vê,
como quem na prisão fecha os olhos despertos.
O homem imóvel — que esteve em prisão — vai voltar amanhã
ao trabalho com alguns companheiros. Na noite está só.

As colinas lhe cheiram a chuva: a distante fragrância
que no cárcere às vezes chegava no vento.
Certas vezes chovia na cidade: um abrir-se
dos pulmões e do sangue à soltura da rua.
A prisão recebia essa chuva, no cárcere a vida
não acabava e infiltrava-se às vezes o sol:
o futuro esperava, e também companheiros.

Mas agora está só. O cheiro raro de terra
lhe parece saído do corpo, e remotas lembranças
— ele sabe da terra — o constrangem ao solo,
a esse solo real. Não adianta pensar
que os roceiros martelam a enxada na terra
como sobre o inimigo e se odeiam de morte
como tanto inimigo. Mas têm um prazer
os roceiros: o trecho de terra lavrado.
O que importam os outros? No sol de amanhã
as colinas se oferecerão, cada qual terá a sua.

I compagni non vivono nelle colline,
sono nati in città dove invece dell'erba
c'è rotaie. Talvolta lo scorda anche lui.
Ma l'odore di terra che giunge in città
non sa piú di villani. È una lunga carezza
che fa chiudere gli occhi e pensare ai compagni
in prigione, alla lunga prigione che attende.

Os parceiros não vivem naquelas colinas,
na cidade nasceram, onde em vez do relvado
há os trilhos. Às vezes até ele se esquece.
Mas o aroma de terra que chega à cidade
já não cheira a roceiros. É longa carícia
que faz olhos fecharem pensando em amigos
na prisão, nessa longa prisão que inda espera.

1934

Poggio Reale

Una breve finestra nel cielo tranquillo
calma il cuore; qualcuno c'è morto contento.
Fuori, sono le piante e le nubi, la terra
e anche il cielo. Ne giunge quassú il mormorío:
i clamori di tutta la vita.

La vuota finestra
non rivela che, sotto le piante, ci sono colline
e che un fiume serpeggia lontano, scoperto.
L'acqua è limpida come il respiro del vento,
ma nessuno ci bada.

Compare una nube
soda e bianca, che indugia, nel quadrato del cielo.
Scorge case stupite e colline, ogni cosa
che traspare nell'aria, vede uccelli smarriti
scivolare nell'aria. Viandanti tranquilli
vanno lungo quel fiume e nessuno s'accorge
della piccola nube.

Ora è vuoto l'azzurro
nella breve finestra: vi piomba lo strido
di un uccello, che spezza il brusío. Quella nube
forse tocca le piante o discende nel fiume.

Poggio Reale

Uma estreita janela no céu sossegado
nos acalma; feliz quem morreu junto a ela.
Mais além, há as plantas e as nuvens, a terra
e o céu. Seu murmúrio se escuta aqui em cima:
os clamores de toda uma vida.

                      A janela vazia
não revela que, embaixo das plantas, estão as colinas
e que um rio serpenteia distante, ao aberto.
A água é límpida como o respiro do vento,
mas ninguém se interessa.

                Aparece uma nuvem
branca e rija, que tarda no quadrado do céu.
Nota casas de assombro e colinas, as coisas
que transluzem na brisa, e vê pássaros náufragos
deslizando na brisa. Viajantes tranquilos
vão ao longo do rio e nenhum se apercebe
dessa nuvem pequena.

                  Ora o azul está oco
nessa estreita janela: eis que o grito de um pássaro
se despenha, rompendo o sussurro. E essa nuvem
talvez roce nas plantas ou desça até o rio.

L'uomo steso nel prato dovrebbe sentirla
nel respiro dell'erba. Ma non muove lo sguardo,
l'erba sola si muove. Dev'essere morto.

Deveria senti-la na aragem da relva
o homem solto no prado. Mas não move o olhar,
só a relva se mexe. Ele deve estar morto.

15 DE SETEMBRO DE 1935

Parole del politico

Si passava sul presto al mercato dei pesci
a lavarci lo sguardo: ce n'era d'argento,
di vermigli, di verdi, colore del mare.
Al confronto col mare tutto scaglie d'argento,
la vincevano i pesci. Si pensava al ritorno.

Belle fino le donne dall'anfora in capo,
ulivigna, foggiata sulla forma dei fianchi
mollemente: ciascuno pensava alle donne,
come parlano, ridono, camminano in strada.
Ridevamo, ciascuno. Pioveva sul mare.

Per le vigne nascoste negli anfratti di terra
l'acqua macera foglie e racimoli. Il cielo
si colora di nuvole scarse, arrossate
di piacere e di sole. Sulla terra sapori
e colori nel cielo. Nessuno con noi.

Si pensava al ritorno, come dopo una notte
tutta quanta di veglia, si pensa al mattino.
Si godeva il colore dei pesci e l'umore
delle frutta, vivaci nel tanfo del mare.
Ubriachi eravamo, nel ritorno imminente.

Palavras do político

Nós chegávamos cedo ao mercado de peixes,
a lavarmos os olhos: lá havia os de prata,
os vermelhos e os verdes de cores marinhas.
Comparados ao mar, todo escamas de prata,
os pescados venciam. Pensamos na volta.

As mulheres bonitas, com ânforas no alto,
oliváceas, forjadas na forma dos flancos
molemente: pensávamos nelas, cada um,
como falam e riem e andam nas ruas.
E nós ríamos, todos. Nas ondas chovia.

Pelas vinhas ocultas nas dobras da terra
a água arrasta os engaços e as folhas. O céu
se colore de nuvens esparsas, douradas
de prazer e de sol. Sobre a terra, sabores,
e matizes no céu. Com a gente, ninguém.

E pensamos na volta, como após uma noite
transcorrida em vigília se pensa no dia.
Desfrutava se a cor dos pescados e a seiva
dos pomares, intensas no sopro do mar.
Ao retorno iminente, já estávamos bêbados.

1935

PATERNITÀ

PATERNIDADE

Mediterranea

Parla poco l'amico e quel poco è diverso.
Val la pena incontrarlo un mattino di vento?
Di noi due uno, all'alba, ha lasciato una donna.
Si potrebbe discorrere del vento umidiccio,
della calma o di qualche passante, guardando la strada;
ma nessuno comincia. L'amico è lontano
e a fumare non pensa. Non guarda.

                      Fumava
anche il negro, un mattino, che insieme vedemmo
fisso, in piedi, nell'angolo a bere quel vino
— fuori il mare aspettava. Ma il rosso del vino
e la nuvola vaga non erano suoi:
non pensava ai sapori. Neanche il mattino
non pareva un mattino di quelli dell'alba;
era un giorno monotono fuori dei giorni
per il negro. L'idea di una terra lontana
gli faceva da sfondo. Ma lui non quadrava.

C'era donne per strada e una luce piú fresca,
e il sentore del mare correva le vie.
Noi, nemmeno le donne o girare: bastava
star seduti e ascoltare la vita e pensare che il mare
era là, sotto il sole ancor fresco di sonno.
Donne bianche passavano, nostre, sul negro
che nemmeno abbassava lo sguardo alle mani
troppo fosche, e nemmeno muoveva il respiro.

Mediterrânea

Fala pouco o amigo, e esse pouco é estranho.
Vale a pena encontrá-lo num dia de vento?
Um dos dois, de manhã, deixou uma mulher.
Poderíamos falar desse vento molhado
ou da calma ou de algum dos passantes, ao vermos a rua;
mas ninguém se antecipa. Meu amigo está longe;
quando fuma não pensa nem vê.

                    O crioulo
que nós vimos um dia, parado, de pé
numa esquina, fumava também e bebia
— o mar alto esperava. O vermelho do vinho
e umas nuvens errantes não lhe pertenciam:
nem pensava em sabores. Nem mesmo a manhã
parecia manhã que viesse da aurora;
para o negro era um dia monótono
e apartado dos dias. A imagem de terras longínquas
lhe servia de fundo. E ele não se enquadrava.

As mulheres passavam na rua, e uma luz
mais serena, e o aroma do mar que corria.
Quanto a nós, nem mulheres nem giros: bastava
assentar-se e escutar essa vida, pensando que o mar
estava ali, sob o sol inda fresco de sono.
Pelo negro passavam mulheres bem alvas,
e ele nem abaixava o olhar para as mãos
muito escuras, mantendo o seu fôlego calmo.

Avevamo lasciato una donna, e ogni cosa
sotto l'alba sapeva di nostro possesso:
calma, strade, e quel vino.

Stavolta i passanti
mi distraggono e piú non ricordo l'amico
che nel vento bagnato si è messo a fumare,
ma non pare che goda.

Tra poco mi chiede:
Lo ricordi quel negro che fumava e beveva?

Nós deixamos pra trás a mulher, e na aurora
cada coisa sabia daquilo que tínhamos:
calma, ruas e o vinho.

A esta altura os passantes
me distraem e logo me esqueço do amigo
que se pôs a fumar sob o vento lavado;
não parece que goste.

E, em breve, pergunta:
Você lembra o crioulo que fumava e bebia?

1934

Paesaggio VI

Quest'è il giorno che salgono le nebbie dal fiume
nella bella città, in mezzo a prati e colline,
e la sfumano come un ricordo. I vapori confondono
ogni verde, ma ancora le donne dai vivi colori
vi camminano. Vanno nella bianca penombra
sorridenti: per strada può accadere ogni cosa.
Può accadere che l'aria ubriachi.

                              Il mattino
si sarà spalancato in un largo silenzio
attutendo ogni voce. Perfino il pezzente,
che non ha una città né una casa, l'avrà respirato,
come aspira il bicchiere di grappa a digiuno.
Val la pena aver fame o esser stato tradito
dalla bocca più dolce, pur di uscire a quel cielo
ritrovando al respiro i ricordi più lievi.

Ogni via, ogni spigolo schietto di casa
nella nebbia, conserva un antico tremore:
chi lo sente non può abbandonarsi. Non può abbandonare
la sua ebbrezza tranquilla, composta di cose
dalla vita pregnante, scoperte a riscontro
d'una casa o d'un albero, d'un pensiero improvviso.
Anche i grossi cavalli, che saranno passati
tra la nebbia nell'alba, parleranno d'allora.

Paisagem VI

Este é o dia em que sobe a neblina do rio
nessa bela cidade, entre prados, colinas,
embaçando-a como uma lembrança. Os vapores confundem
todo verde, e as mulheres de cores intensas
perambulam por lá. Vão na branca penumbra
sorridentes: na estrada acontece de tudo.
Pode ser que esse ar embebede.

A manhã
se abrirá totalmente num largo silêncio
abrandando as palavras. Até o mendigo,
que não tem nem cidade nem casa, a respira
como sorve o seu copo de grapa em jejum.
Vale a pena ter fome ou ter sido traído
pela boca mais doce e sair nesse céu,
retomando no alento as memórias mais leves.

Cada rua, cada simples aresta de casa
na neblina, conserva o antigo tremor:
quem o sente não pode entregar-se. Não pode furtar-se
à tontura tranquila, composta de coisas
de uma vida abundante, encontradas diante
de uma casa ou uma árvore, de uma ideia imprevista.
Até os grandes cavalos, que depois vão passar
entre a névoa da aurora, falarão desse tempo.

O magari un ragazzo scappato di casa
torna proprio quest'oggi, che sale la nebbia
sopra il fiume, e dimentica tutta la vita,
le miserie, la fame e le fedi tradite,
per fermarsi su un angolo, bevendo il mattino.
Val la pena tornare, magari diverso.

Ou quem sabe um rapaz escapado de casa
volte justo este dia em que sobe a neblina
rente ao rio, se esquecendo de toda a sua vida,
as misérias, a fome e a esperança traída,
repousando na esquina e bebendo a manhã.
Vale a pena voltar, e quem sabe diverso.

1935

Mito

Verrà il giorno che il giovane dio sarà un uomo,
senza pena, col morto sorriso dell'uomo
che ha compreso. Anche il sole trascorre remoto
arrossando le spiagge. Verrà il giorno che il dio
non saprà piú dov'erano le spiagge d'un tempo.

Ci si sveglia un mattino che è morta l'estate,
e negli occhi tumultuano ancora splendori
come ieri, e all'orecchio i fragori del sole
fatto sangue. È mutato il colore del mondo.
La montagna non tocca piú il cielo; le nubi
non s'ammassano piú come frutti; nell'acqua
non traspare piú un ciottolo. Il corpo di un uomo
pensieroso si piega, dove un dio respirava.

Il gran sole è finito, e l'odore di terra,
e la libera strada, colorata di gente
che ignorava la motte. Non si muore d'estate.
Se qualcuno spariva, c'era il giovane dio
che viveva per tutti e ignorava la morte.
Su di lui la tristezza era un'ombra di nube.
Il suo passo stupiva la terra.

                    Ora pesa
la stanchezza su tutte le membra dell'uomo,
senza pena: la calma stanchezza dell'alba
che apre un giorno di pioggia. Le spiagge oscurate

Mito

Virá o dia em que o deus jovial será um homem,
sem perdão, com o morto sorriso do homem
que já sabe. O sol passa também na distância
e as praias se douram. Virá o dia em que o deus
já terá se esquecido das praias de outrora.

Acordamos um dia e o verão está morto,
e nos olhos ainda se agitam esplendores
como os de ontem; no ouvido, os fragores do sol
feito sangue. Mudaram as cores do mundo.
A montanha já não toca o céu, nem as nuvens
se amontoam em pilhas de frutos; nas águas
não se vê mais um seixo. E o corpo de um homem
pensativo se curva onde um deus respirava.

O sol grande acabou, e o perfume de terra,
e as estradas abertas, coradas de gente
esquecida da morte. No verão não se morre.
Se sumiam alguns, existia o deus jovem
que vivia por todos sem dar pela morte.
Sobre ele a tristeza era sombra de nuvem.
O seu passo espantava esta terra.

                    Ora pesa
o cansaço por todos os membros do homem,
sem perdão: o tranquilo cansaço da aurora
que abre um dia de chuva. Nubladas as praias

*non conoscono il giovane, che un tempo bastava
le guardasse. Né il mare dell'aria rivive
al respiro. Si piegano le labbra dell'uomo
rassegnate, a sorridere davanti alla terra.*

não conhecem o jovem a quem antes bastava
que se olhassem. Nem o ar desses mares revive
com um sopro. Arqueiam-se os lábios do homem,
resignados, sorrindo diante da terra.

OUTUBRO DE 1935

Il paradiso sui tetti

Sarà un giorno tranquilo, di luce fredda
come il sole che nasce o che muore, e il vetro
chiuderà l'aria sudicia fuori del cielo.

Ci si sveglia un mattino, una volta per sempre,
nel tepore dell'ultimo sonno: l'ombra
sarà come il tepore. Empirà la stanza
per la grande finestra un cielo piú grande.
Dalla scala salita un giorno per sempre
non verranno piú voci, né visi morti.

Non sarà necessario lasciare il letto.
Solo l'alba entrerà nella stanza vuota.
Basterà la finestra a vestire ogni cosa
di un chiarore tranquillo, quasi una luce.
Poserà un'ombra scarna sul volto supino.
I ricordi saranno dei grumi d'ombra
appiattati cosí come vecchia brace
nel camino. Il ricordo sarà la vampa
che ancor ieri mordeva negli occhi spenti.

O paraíso sobre os telhados

Será um dia tranquilo, de luzes frias
como o sol que levanta ou que morre, e o vidro
fechará o ar imundo ao contato do céu.

Acordamos num dia, uma vez para sempre,
na quentura de um último sono: a sombra
será como a quentura. Entrará no quarto
pela grande janela um céu mais extenso.
Das escadas subidas num dia pra sempre
não virão mais nem vozes nem rostos mortos.

Não será necessário deixar a cama.
Só a aurora entrará nesse quarto vago.
Bastará a janela a vestir cada coisa
de clareza tranquila, quase uma luz.
Pousará uma sombra no rosto supino.
As lembranças serão uns punhados de sombra
consumidos, assim como velhas brasas
na lareira. A lembrança será a chama
que ainda ontem mordia nos olhos baços.

11-16 DE JANEIRO DE 1940

Semplicità

L'uomo solo — che è stato in prigione — ritorna in prigione
ogni volta che morde in un pezzo di pane.
In prigione sognava le lepri che fuggono
sul terriccio invernale. Nella nebbia d'inverno
l'uomo vive tra muri di strade, bevendo
acqua fredda e mordendo in un pezzo di pane.

Uno crede che dopo rinasca la vita,
che il respiro si calmi, che ritorni l'inverno
con l'odore del vino nella calda osteria,
e il buon fuoco, la stalla, e le cene. Uno crede,
fin che è dentro uno crede. Si esce fuori una sera,
e le lepri le han prese e le mangiano al caldo
gli altri, allegri. Bisogna guardarli dai vetri.

L'uomo solo osa entrare per bere un bicchiere
quando proprio si gela, e contempla il suo vino:
il colore fumoso, il sapore pesante.
Morde il pezzo di pane, che sapeva di lepre
in prigione, ma adesso non sa piú di pane
né di nulla. E anche il vino non sa che di nebbia.

L'uomo solo ripensa a quei campi, contento
di saperli già arati. Nella sala deserta
sottovoce si prova a cantare. Rivede
lungo l'argine il ciuffo di rovi spogliati

Simplicidade

O homem só — que já esteve em cadeia — retorna à cadeia
toda vez que abocanha um pedaço de pão.
Na cadeia sonhava com lebres que fogem
pelo limo do inverno. Na névoa de inverno
o homem vive entre muros de rua, bebendo
água fria e mordendo um pedaço de pão.

Alguns creem que a vida renasça mais tarde,
que o respiro se acalme, que volte o inverno
com o cheiro do vinho na quente taverna
e o bom fogo e o estábulo e as ceias. Uns creem
— quem está preso acredita. Mas se sai uma noite
e já todos pegaram as lebres e comem
aquecidos e alegres. É ver pelos vidros.

O homem só ousa entrar e beber um caneco
quando o frio é mais forte e contempla o seu vinho:
uma cor generosa, um sabor encorpado.
Morde o naco de pão que sabia a lebre
na cadeia e agora nem gosto de pão
nem de nada. Até o vinho tem gosto de névoa.

O homem só rememora esses campos, contente
de os saber já lavrados. Na sala deserta
ele tenta cantar em voz baixa. Revê
na represa uma moita esfolhada de sarças

che in agosto fu verde. Dà un fischio alla cagna.
E compare la lepre e non hanno piú freddo.

que em agosto era verde. Assovia à cadela.
E aparece uma lebre e não sentem mais frio.

OUTUBRO DE 1935

L'istinto

L'uomo vecchio, deluso di tutte le cose,
dalla soglia di casa nel tiepido sole
guarda il cane e la cagna sfogare l'istinto.

Sulla bocca sdentata si rincorrono mosche.
La sua donna gli è morta da tempo. Anche lei
come tutte le cagne non voleva saperne,
ma ci aveva l'istinto. L'uomo vecchio annusava
— non ancora sdentato —, la notte veniva,
si mettevano a letto. Era bello l'istinto.

Quel che piace nel cane è la gran libertà.
Dal mattino alla sera gironzola in strada;
e un po' mangia, un po' dorme, un po' monta le cagne:
non aspetta nemmeno la notte. Ragiona,
come fiuta, e gli odori che sente son suoi.

L'uomo vecchio ricorda una volta di giorno
che l'ha fatta da cane in un campo di grano.
Non sa piú con che cagna, ma ricorda il gran sole
e il sudore e la voglia di non smettere mai.
Era come in un letto. Se tornassero gli anni,
lo vorrebbe far sempre in un campo di grano.

Scende in strada una donna e si ferma a guardare;
passa il prete e si volta. Sulla pubblica piazza
si può fare di tutto. Persino la donna,

O instinto

O homem velho e já sem esperança nas coisas,
da soleira de casa ao sol morno da tarde,
olha o cão e a cadela aplacando o instinto.

Em sua boca sem dentes as moscas passeiam.
Sua mulher já morreu há um bom tempo, e não é
que gostasse de sexo — tampouco as cadelas —,
mas o instinto era vivo. O homem velho fungava
— tinha ainda seus dentes —, a noite caía,
se metiam na cama. O instinto era belo.

O que agrada no cão é a total liberdade.
De manhã e de noite vagueia nas ruas;
e ora come, ora dorme, ora cruza as cadelas:
não espera sequer pela noite. Reflete
com o faro, e os cheiros que sente são seus.

O homem velho recorda uma vez de manhã
em que fez como os cães, em um campo de trigo.
Esqueceu a cadela, mas lembra o sol alto
e o suor e a vontade de nunca ter fim.
Era como na cama. Se os anos voltassem,
gostaria de sempre o fazer num trigal.

Uma mulher desce a rua e detém-se a olhar;
passa o padre e se volta. Mas no meio da praça
qualquer ato é possível. E até a mulher,

che ha ritegno a voltarsi per l'uomo, si ferma.
Solamente un ragazzo non tollera il gioco
e fa piovere sassi. L'uomo vecchio si sdegna.

que receia virar para o homem, detém-se.
Só um rapaz, entre todos, não quer ver o jogo
e recorre a pedradas. O homem velho se irrita.

JANEIRO DE 1936

Paternità

Uomo solo dinanzi all'inutile mare,
attendendo la sera, attendendo il mattino.
I bambini vi giocano, ma quest'uomo vorrebbe
lui averlo un bambino e guardarlo giocare.
Grandi nuvole fanno un palazzo sull'acqua
che ogni giorno rovina e risorge, e colora
i bambini nel viso. Ci sarà sempre il mare.

Il mattino ferisce. Su quest'umida spiaggia
striscia il sole, aggrappato alle reti e alle pietre.
Esce l'uomo nel torbido sole e cammina
lungo il mare. Non guarda le madide schiume
che trascorrono a riva e non hanno piú pace.
A quest'ora i bambini sonnecchiano ancora
nel tepore del letto. A quest'ora sonnecchia
dentro il letto una donna, che farebbe l'amore
se non fosse lei sola. Lento, l'uomo si spoglia
nudo come la donna lontana, e discende nel mare.

Poi la notte, che il mare svanisce, si ascolta
il gran vuoto ch'è sotto le stelle. I bambini
nelle case arrossate van cadendo dal sonno
e qualcuno piangendo. L'uomo, stanco di attesa,
leva gli occhi alle stelle, che non odono nulla.
Ci son donne a quest'ora che spogliano un bimbo
e lo fanno dormire. C'è qualcuna in un letto
abbracciata ad un uomo. Dalla nera finestra

Paternidade

Homem só, com paisagem de mar sem sentido,
esperando o sol pôr-se, esperando a manhã.
Os meninos lá brincam, e este homem queria
ter seu próprio menino e vê-lo brincar.
Grandes nuvens constroem um palácio nas águas
que se abate e ressurge nos dias, tingindo
os meninos no rosto. Haverá sempre o mar.

A manhã é cortante. Nesta úmida praia
o sol fere, agarrando-se às redes e às pedras.
O homem sai sob o sol tenebroso e caminha
pelo mar, sem olhar as espumas molhadas
que vagueiam continuamente nas margens.
A esta hora os meninos ainda modorram
na quentura da cama. A esta hora modorra
em sua cama a mulher que faria amor
caso não fosse só. Lento, o homem se despe
e, tão nu quanto a mulher distante, mergulha no mar.

Com a noite, em que o mar se dissipa, se escuta
o vazio que há sob as estrelas. Meninos
vão caindo de sono nas casas coradas,
e alguns choramingam. O homem, farto da espera,
ergue a vista às estrelas, que não ouvem nem veem.
A esta hora há mulheres que despem bebês
e os embalam no sono. Há algumas na cama
abraçadas a um homem. Pela negra janela

entra un ansito rauco, e nessuno l'ascolta
se non l'uomo che sa tutto il tedio del mare.

entra um frêmito rouco e ninguém o escuta,
salvo o homem que sabe do tédio do mar.

OUTUBRO DE 1935

Lo steddazzu

L'uomo solo si leva che il mare è ancor buio
e le stelle vacillano. Un tepore di fiato
sale su dalla riva, dov'è il letto del mare,
e addolcisce il respiro. Quest'è l'ora in cui nulla
può accadere. Perfino la pipa tra i denti
pende spenta. Notturno è il somesso sciacquío.
L'uomo solo ha già acceso un gran fuoco di rami
e lo guarda arrossare il terreno. Anche il mare
tra non molto sarà come il fuoco, avvampante.

Non c'è cosa piú amara che l'alba di un giorno
in cui nulla accadrà. Non c'è cosa piú amara
che l'inutilità. Pende stanca nel cielo
una stella verdognola, sorpresa dall'alba.
Vede il mare ancor buio e la macchia di fuoco
a cui l'uomo, per fare qualcosa, si scalda;
vede, e cade dal sonno tra le fosche montagne
dov'è un letto di neve. La lentezza dell'ora
è spietata, per chi non aspetta piú nulla.

Val la pena che il sole si levi dal mare
e la lunga giornata cominci? Domani
tornerà l'alba tiepida con la diafana luce
e sarà come ieri e mai nulla accadrà.

A estrela da manhã

O homem só se levanta que o mar inda é escuro
e as estrelas vacilam. Um mormaço de alento
sobe reto das orlas, do leito do mar,
abrandando o respiro. Esta é a hora em que nada
acontece. O cachimbo entre os dentes também
cai sem brilho. Noturno é o som do marulho.
O homem só já acendeu uma fogueira de galhos
e a observa dourar o terreno. Até o mar
daqui a pouco estará como o fogo, candente.

Não tem coisa mais acre que a aurora de um dia
em que nada haverá. Não tem coisa mais acre
do que a inutilidade. Cansada no céu
pende a estrela azulada, colhida na aurora.
Olha o mar inda escuro e a mancha de fogo
onde o homem, que não faz mais nada, se aquece;
olha e cai de seu sono entre as foscas montanhas
onde há um leito de neve. O arrastado das horas
é inclemente com quem já não espera mais nada.

Vale a pena que o sol se levante do mar
e essa longa jornada comece? Amanhã
voltará a morna aurora e seu brilho diáfano
e será que nem ontem e mais nada haverá.

L'uomo solo vorrebbe soltanto dormire.
Quando l'ultima stella si spegne nel cielo,
l'uomo adagio prepara la pipa e l'accende.

O homem só gostaria de apenas dormir.
Quando a última estrela se apaga no céu,
o homem lento prepara o cachimbo e o acende.

9-12 DE JANEIRO DE 1936

APÊNDICE

Acrescento em apêndice à edição definitiva deste meu livro (que integra e substitui a primeira edição, entregue em outubro de 1935) dois estudos em que busquei tornar claros para mim o seu significado e as suas perspectivas. O primeiro, *O ofício de poeta*, foi escrito em novembro de 1934, e hoje tem para mim um interesse apenas documental. Quase todas as suas afirmações e pontos categóricos são absorvidos e superados no segundo, *A propósito de alguns poemas ainda não escritos*, composto em fevereiro de 1940. Qualquer que venha a ser o meu futuro de escritor, considero concluída com este texto a pesquisa de *Trabalhar cansa*.

C. P.

O ofício de poeta
(a propósito de *Trabalhar cansa*)

A composição desta coletânea durou três anos. Três anos de juventude e de descobertas, durante os quais, naturalmente, a minha ideia de poesia e minhas capacidades intuitivas foram aos poucos se aprofundando. E mesmo agora, quando essa profundidade e esse vigor me parecem bastante ultrapassados, não creio que toda — absolutamente toda — a minha vida tenha sido consumida por três anos no vazio. Farei ou não farei outras tentativas poéticas, me ocuparei de outras coisas ou reduzirei ainda mais cada experiência a esse objetivo: tudo isso, que já foi motivo de preocupação, quero deixar por enquanto de lado. Simplesmente tenho diante de mim uma obra que me interessa, não tanto porque sou o seu autor, mas porque, pelo menos durante algum tempo, acreditei que ela fosse a melhor parte do que estivesse sendo escrito na Itália e, neste momento, sou o homem mais bem preparado para compreendê-la.

Em vez da natural evolução de um poema a outro a que me referi, alguns preferirão descobrir na coletânea aquilo que se chama uma construção, isto é, uma hierarquia de momentos que expresse um certo tipo de conceito — amplo ou restrito que seja, de natureza abstrata, quem sabe esotérica — e se revele em formas sensíveis. Ora, eu não nego que semelhantes conceitos possam ser descobertos no meu livro, e até mais de dois; nego apenas o fato de os ter inserido nele.

Bem entendido: eu mesmo me detive pensativo diante dos verdadeiros ou pretensos cancioneiros construídos (*As flores do mal* ou *Folhas de relva*), e mais, eu mesmo cheguei a invejá-los por sua propalada qualidade; mas ao final, após a tentativa de compreendê-los e justificá-los a mim mesmo, tive de reconhecer que de um poema para outro não há uma transição figurativa e tampouco, no fundo, conceitual. No máximo, como no *Alcione*, se trata de uma ligação temporal, fantasias de junho a setembro. Naturalmente o discurso será um pouco diverso quer diga respeito a uma narrativa ou a um poema, em que a transição imaginativa e conceitual é fornecida pelo próprio elemento narrativo, isto é, pela consciência de uma unidade ao mesmo tempo ideal e material que recolhe os vários momentos de uma experiência. Mas então é preciso renunciar à pretensão de construir um poema simplesmente justapondo unidades: que se tenha a coragem e a força de conceber uma obra de maior dimensão de um só fôlego. Como dois poemas não formam uma única narrativa (chegam, se tanto, a laços de parentesco entre os respectivos personagens ou a procedimentos semelhantes), do mesmo modo dois ou mais poemas só podem constituir uma narrativa ou construção se cada um for, em si mesmo, inacabado. Deveria bastar à nossa ambição, e esta coletânea bastou à minha, que em sua curta duração cada poema alcance uma construção que se sustente por si mesma.

Tudo isso parece quase elementar, mas, não sei se por ingenuidade inicial de minha parte ou por um gosto poético que ainda hoje sinto no ar, é justamente no longo trabalho em torno desta identidade — cada poesia, uma narrativa — que tecnicamente se justificam todas as tentativas compreendidas neste livro.

O meu gosto aspirava confusamente a uma expressão essencial de fatos essenciais, mas não à mesma abstração introspectiva de sempre, expressa naquela linguagem livresca e, por isso mesmo, alusiva, que muito gratuitamente posa de essencial. Ora, o falso cancioneiro-poema consegue criar a ilusão de uma construção coesa justamente através das articulações que cada página fornece a outra, por meio do apagamento de suas vozes e do caráter forçadamente conceitual dos seus motivos.

Seguir o meu gosto e não cair no cancioneiro-poema foi portanto minha única exigência — de ordem técnica, por tudo o que já expus até aqui, mas que também envolve todas as minhas faculdades.

Entretanto ia ganhando consistência em mim uma ideia de poesia-narrativa que, a princípio, eu mal conseguia distinguir do gênero poemeto. Naturalmente não se trata apenas de questão de tamanho. As observações de Poe sobre o conceito de poema, que ainda são válidas, devem ser completadas por considerações de conteúdo, que formarão uma coisa só com os aspectos exteriores, referentes à extensão de um poema. Este é o ponto que, no início, eu não distinguia com clareza; aliás, com uma certa arrogância, eu acreditava que bastaria um enérgico ato de fé na poesia, sei lá, clara e distinta, musculosa, objetiva, essencial e assim por diante. Era o princípio de minha evolução. E a evolução está toda aqui, na crescente consciência deste problema que ainda hoje me parece bem longe de estar esgotado.

351

A primeira realização digna de nota dessas veleidades é precisamente a primeira poesia da coletânea: "I mari del Sud". Mas é óbvio que, desde o primeiro dia em que pensei numa poesia, lutei com o pressentimento desta dificuldade. Inúmeras tentativas precederam "I mari del Sud", mas a experiência concomitante de uma prosa narrativa ou apenas discursiva me tirava toda a alegria da criação e revelava-se em sua desesperante banalidade.

Como exatamente eu passei de um lirismo entre confessional e introspectivo (introspecção pobre, que frequentemente acabava no gratuito, e confissão viciosa, que sempre terminava no grito patológico) à narração clara e pacata de "I mari del Sud", só posso dizer que essa transformação não ocorreu de repente, mas, por quase um ano antes de "I mari del Sud", não pensei seriamente em escrever poemas. Nesse ínterim, como já fizera antes, mas já com maior intensidade, andava por um lado ocupando-me de estudos e traduções da literatura norte-americana e, por outro, compondo certas novelinhas semidialetais e, em colaboração com um amigo pintor, uma pornoteca diletante, sobre a qual não seria lícito estender-me aqui. Basta dizer que essa pornoteca resultou em um conjunto de baladas, tragédias, canções, poemas em oitavas, tudo vigorosamente sotádico — e isso pouco importa agora —, mas também, e isso é o que importa, vigorosamente imagético, narrado, saboroso no estilo, dirigido a um público de amigos e muito apreciado por alguns, razão prática — esta do público — que me parece ser o fertilizante de toda floração artística vigorosa.

A relação entre essas ocupações e "I mari del Sud" é, pois, múltipla: os estudos literários norte-americanos me colocavam em contato com uma realidade cultural em início de fermentação; as tentativas novelísticas me aproximavam de uma experiência humana mais rica, tornando mais objetivos seus interesses; e finalmente minha terceira atividade, tecnicamente falando, revelava-me o *ofício* da arte e a alegria das dificuldades superadas, as limitações de um tema, o jogo da imaginação, do estilo, o mistério da felicidade de um estilo que é também um acerto de contas com o possível ouvinte ou leitor. Insisto especialmente na lição técnica desta minha última atividade, porque as outras influências, cultura norte--americana e experiência humana, podem ser facilmente reconduzidas ao conceito único de experiência — que explica tudo e, portanto, nada.

E mais. Em um aspecto mais puramente técnico, as três atividades que mencionei influíram nas convicções e nos propósitos a partir dos quais eu comecei a escrever "I mari del Sud". Nos três casos, entrei diversamente em contato com o surgimento de uma criação linguística de fundo dialetal ou pelo menos oral. Vejo na descoberta do coloquial norte-americano, derivada dos meus estudos, e no uso do jargão turinense ou piemontês minhas tentativas naturalistas de prosa dialogada; ambas foram entusiásticas aventuras da juventude, sobre as quais construí mais de um pensamento, rapidamente dissolvidos e integrados ao meu encontro com a teoria que identifica poesia e linguagem.

Em terceiro lugar, o estilo sempre paródico da versificação sotádica habituou-me a considerar cada espécie de língua literária um corpo cristalizado e morto, nos quais só a custo de transposições e aplicações do uso falado, técnico e dialetal pode-se novamente fazer circular o sangue e pulsar a vida. E essa tríplice e única experiência sempre me mostrava, no emaranhado em que proliferam os diversos interesses expressivos e práticos, a fundamental interdependência desses motivos e a necessidade de um contínuo retorno aos princípios, sob pena de esterilidade; ou seja, preparava-me para a ideia de que a condição de todo voo poético, qualquer que seja a altura que alcance, deve sempre partir de uma referência atenta às exigências éticas e, naturalmente, também práticas do ambiente em que se vive.

"I mari del Sud", que se seguiu a essa preparação natural, é portanto a minha primeira tentativa de poesia-narrativa e justifica este termo duplo por ser um desenvolvimento objetivo de fatos, conduzido de maneira sóbria e, por isso, como eu pensava, exposto segundo o imaginário. Mas o problema é que essa *objetividade* na sucessão dos fatos reduzia minha tentativa a um poemeto entre o psicológico e o cronístico; alicerçado, em todo caso, sobre uma trama naturalista. Eu insistia então na *sobriedade* estilística devido a uma atitude fundamentalmente polêmica: era preciso alcançar a evidência imagética excluindo *todos os outros* procedimentos expressivos viciados, que me pareciam retóricos; era preciso provar a mim mesmo que uma sóbria energia na concepção levava consigo a expressão adequada, imediata, essencial. Nada mais ingênuo do que a minha reserva de então diante da *imagem* entendida retoricamente: não a queria nos meus poemas nem a utilizava (a não ser por descuido). Tudo para salvar o adorado imediatismo e, pagando com a minha própria pessoa, escapar ao lirismo fácil e verborrágico dos fazedores de imagens (exagerava).

É natural que, com esse programa de simplicidade, a salvação fosse vista unicamente na adesão cerrada, ciumenta, apaixonada ao objeto. E talvez apenas a força dessa paixão, e não a sobriedade objetiva, tenha salvado alguma coisa da-

354

queles primeiros poemas. Porque eu logo me dei conta do impasse do meu enfoque, ou seja, do objeto, inevitável numa tal concepção materialista do ato de narrar. Flagrava-me com frequência enumerando temas, o que não era o pior: até hoje o faço com inegável proveito. O que não funciona é buscar um tema com a disposição de deixá-lo desenvolver-se segundo sua natureza psicológica ou romanesca, registrando seus resultados. Ou seja, identificar-se com esta natureza e, estupidamente, deixar as suas leis agirem. Isto é ceder ao objeto. E é o que eu fazia.

Mas, embora já naquela época a inquietação inerente a um erro de tal ordem não me desse sossego, alguma satisfação eu extraía dele. Sobretudo o próprio *estilo objetivo*, com a sua sólida honestidade, me proporcionava algum consolo: o corte incisivo e o timbre nítido que ainda invejo. Isso também implicava um certo tom sentimental de virilidade misógina, em que me comprazia e que, definitivamente, misturando-se a outras coisas semelhantes, formava a verdadeira trama, o verdadeiro *desenvolvimento dos fatos*, da minha poesia-narrativa, que eu supunha objetiva. Pois, graças a Deus, se muitas vezes a teoria é boa e o resultado é ruim, noutras ocorre o contrário. Em suma, depois de anos de efervescência e de clamores poéticos, eu conseguira fazer um poema meu sorrir — uma personagem em um poema —, e isso me parecia a prova tangível de que conquistara um estilo e dominara a experiência.

Além disso, criara também um verso. O que, juro, não fiz de caso pensado. Naquele tempo eu apenas sabia que o verso livre não me era congenial, devido à exuberância desordenada e caprichosa que ele costuma exigir da imaginação. Sobre o verso livre whitmaniano, que, aliás, eu muito admirava e temia, já expressei noutra ocasião o que penso e, de qualquer modo, pressentia de maneira confusa quanto de oratório é preciso à inspiração para lhe dar vida. Faltavam-me tanto o fôlego quanto o temperamento para que eu pudesse utilizá--lo. Tampouco acreditava nos metros tradicionais, por aquilo que eles têm de batido e de gratuitamente (assim me parecia) trabalhado; de resto, já havia feito muitas paródias com eles para poder usá-los a sério e obter um efeito de rima que não me soasse cômico.

Naturalmente sabia que não existem metros tradicionais em sentido absoluto, mas que cada poeta refaz neles o ritmo interior de sua fantasia. Até que um dia me descobri murmurando uma certa cantilena de palavras (que depois se tornou um dístico de "I mari del Sud") e seguindo uma cadência enfática que desde criança, nas minhas leituras de romances, costumava ressaltar, martelando as frases que mais me obcecavam. Assim, sem que o soubesse, eu encontrei meu verso, que naturalmente em todo "I mari del Sud" e em vários outros poemas foi apenas instintivo (restam vestígios dessa inconsciência em alguns dos meus primeiros versos, que não saem do decassílabo tradicional). Ritmava meus poemas murmurando. Pouco a pouco descobri as leis intrínsecas desta métrica, os decassílabos desapareceram, e o meu verso revelou-se de três tipos constantes, que de certo modo precediam a composição, mas sempre tive o cuidado de não ser tiranizado por eles, pronto a aceitar, quando me parecesse o caso, outros acentos e outra silabação. Mas substancialmente não me afastei mais do meu esquema e o considero o ritmo de minha imaginação.

Dizer agora o bem que penso de uma tal versificação é supérfluo. Basta que ela satisfaça, inclusive materialmente, uma necessidade toda instintiva de linhas longas, já que eu sentia que tinha muito a dizer e não devia contentar-me com uma razão musical para os meus versos, mas sim satisfazer a uma lógica. Isso eu havia conseguido e, bem ou mal, com eles eu *narrava*.

Esta é a grande questão. Narrava, mas como? Já disse que considero os primeiros poemas da coletânea poemetos materialistas, acerca dos quais seria caridoso admitir que o *fato* nada mais é do que um estorvo, um resíduo que a fantasia não foi capaz de transformar. Imaginava um caso ou uma personagem e o fazia desenvolver-se ou falar. Para não cair no gênero poemeto, que intuitivamente considerava condenável, exercitava uma torpe economia de versos e prefixava para cada poema um determinado limite, o qual, parecendo-me muito importante respeitá-lo, por outro lado não queria que fosse demasiado baixo, pelo medo de cair no epigrama. Misérias da educação retórica. Mas neste ponto me salvaram um certo silêncio e um interesse por outras coisas do espírito e da vida, cuja contribuição não foi muito relevante, mas que me permitiram meditar *ex novo* sobre as dificuldades, distraindo-me do zelo feroz que me fazia sobrecarregar toda a minha veleidade inventiva com a exigência da *objetividade viril* na narrativa. Para ficarmos nos livros, um novo interesse foi a paixão furiosa por Shakespeare e outros elisabetanos, todos lidos e anotados no texto.

Aconteceu que um dia, querendo escrever um poema sobre um eremita imaginado por mim, no qual se representassem os temas e os modos de uma conversão, não conseguia ir adiante e, à força de intermináveis retoques, rodeios, arrependimentos, trejeitos e ansiedades, compus uma "Paesaggio" que compreendia a alta e a baixa colina, contrapostas e movimentadas, e, no centro vital da cena, pus um eremita alto e baixo, superiormente burlesco, a despeito das minhas convicções anti-imagéticas, da "cor de um freixo crestado".

As próprias palavras que usei dão a entender que o fundamento desta minha fantasia é uma comoção pictórica; de fato, pouco antes de iniciar "Paesaggio" eu tinha visto e invejado uns novos quadrinhos do amigo pintor, espantosos pela evidência da cor e pela sabedoria da construção. Mas, qualquer que tenha sido o estímulo, a novidade daquela tentativa agora está bem clara para mim: havia descoberto a *imagem*.

E aqui torna-se difícil explicar-me, pela simples razão de que eu mesmo não esgotei ainda as possibilidades implícitas na técnica de "Paisagem". Tinha no entanto descoberto o valor da imagem, mas não concebia mais esta imagem (eis o prêmio da obstinação com que eu tinha insistido na objetividade da narrativa) como uma figura retórica, como uma decoração mais ou menos arbitrária sobreposta à objetividade narrativa. Esta imagem era, obscuramente, a própria narrativa.

Que o eremita aparecesse com a cor dos freixos crestados não queria dizer que eu instituísse um paralelo entre eremita e freixos para tornar mais evidente a figura do eremita ou dos freixos. Queria dizer que eu descobrira uma *relação imagética* entre eremita e freixos, entre eremita e paisagem (e se pode continuar: entre eremita e garotas, entre visitantes e aldeões, entre garotas e vegetação, entre eremita e cabra, entre eremita e esterco, entre alto e baixo), e *este era o tema da narrativa*.

Narrava sobre esta relação, contemplando-a como um todo significativo, criado pela imaginação e impregnado de germes imaginários passíveis de desdobramentos; e na nitidez deste complexo imagético e ao mesmo tempo na sua possibilidade de desenvolvimentos infinitos eu via a *realidade* da composição (a mania de objetividade, que agora se esclarecia como necessidade de concretude, se trasladara para esse plano).

Recuara (ou assim me parecia) à fonte originária de toda atividade poética, que poderia definir nos seguintes termos: esforço de transformar numa totalidade autônoma um conjunto de relações imagéticas nas quais consiste a própria percepção de uma realidade.

Continuava a desprezar, evitando--a, a imagem entendida retoricamente, e o meu discurso mantinha-se sempre direto e objetivo (de uma nova objetividade, é claro); entretanto eu finalmente possuía o sentido esquivo daquele simples enunciado que diz que a essência da poesia é a imagem. Encontrara uma profusão de imagens formais, retoricamente falando, nas cenas dos elisabetanos, mas justamente naquele tempo eu começava a convencer-me com dificuldade de que a sua importância não estava tanto no significado retórico do termo de comparação quanto naquele significado que eu descobrira recentemente, de partes constitutivas de uma realidade imaginária total, cujo sentido consistia em sua própria relação. Favorecia essa descoberta a natureza peculiar da imagem elisabetana, tão cheia e exuberante de vida, tão engenhosa, exultante por seu engenho e plenitude, como se neles estivesse sua justificação última. Tanto que muitas cenas daqueles dramas me pareciam extrair o seu sopro fantástico exclusivamente da atmosfera criada por suas relações de semelhança.

A história das composições que sucederam à primeira "Paesaggio" é, naturalmente, em um primeiro momento, uma história de recaídas na objetividade precedente, psicológica ou cronística: como ocorre, por exemplo, em "Gente che non capisce", porém já toda marcada por novos acentos. Em seguida, a tradução em imagem de cada tema da experiência foi se tornando quase metódica, cada vez mais segura, instintiva; e foi nesse momento que tomei consciência de um novo problema, no qual ainda estou enredado.

Tudo bem, eu dizia, substituir o dado objetivo pela narrativa imagética de uma realidade mais concreta e mais sábia; mas onde deve parar essa busca por relações imagéticas? Isto é, em que justificativas se baseia a escolha de uma relação em vez de outra? Preocupava-me, em um poema como "Mania di solitudine", a escancarada proeminência dada ao eu (desde os tempos de "I mari del Sud" eu me orgulhava, num gesto polêmico, de reduzi-lo a mero personagem e às vezes aboli-lo), não tanto por tomá-lo como tema objetivo, o que já seria um temor pueril, mas porque me parecia que a proeminência do eu comportasse um jogo desregrado de relações imagéticas. Em suma, quando é que o poder da imaginação se torna arbitrário? Minha definição de imagem não dizia nada sobre isso.

Ainda hoje não saí desta dificuldade. Considero-a por isso mesmo o ponto crítico de toda poética. Vislumbro porém uma solução possível, mas que pouco me satisfaz porque é pouco clara. Seja como for, a meu ver ela tem a vantagem de reconduzir-me àquela convicção de uma interdependência fundamental de temas práticos e temas expressivos, dos quais eu falava a propósito de minha formação linguística. O critério de conveniência no jogo da imaginação consistiria em uma *discreta* adesão a esse complexo lógico e moral que constitui a participação pessoal na realidade entendida espiritualmente. É evidente que ela está em permanente mutação e renovação, daí o seu correlato imagético poder ser encarnado em infinitas situações. Mas a fragilidade da definição

360

decorre dessa *discrição*, tão necessária e tão pouco decisiva para o julgamento de uma obra. Será necessário, então, afirmar a precariedade e superficialidade de todo juízo estético? Estaríamos propensos a isso.

Mas, enquanto me angustiava com o impulso criativo, sempre tropeçando penosamente e de várias maneiras na mesma dificuldade, ia compondo outras narrativas de imagens. A essa altura já me comprazia em riscos virtuosísticos. Em "Piaceri notturni", por exemplo, eu quis construir uma relação por contraste, toda feita de notações sensoriais, mas sem cair no sensual. Em "Casa in construzione", esconder o jogo das imagens sob uma aparente narração objetiva. No "La cena triste", recontar a meu modo, num emaranhado de relações imagéticas, uma situação desgastada.

Em cada um desses poemas eu revivia a ânsia do problema central: como entender e justificar o complexo imaginário que os constituía? Cada vez me tornava mais capaz de subentendidos, de meias-tintas, de composições ricas, e cada vez menos me convencia da honestidade e da *necessidade* do meu trabalho. Em comparação, às vezes me parecia mais justificado o nu e quase prosaico verso de "I mari del Sud" ou de "Deola" do que o verso vívido, flexível e cheio de vida imaginária de "Ritratto d'autore" ou da "Paesaggio IV". E no entanto eu tinha fé no claro princípio da expressão sóbria e direta de uma relação imagética nitidamente concebida. Obstinava-me em narrar e não podia perder-me na decoração gratuita. Mas é um fato que as minhas imagens — as minhas relações imagéticas — se complicavam progressivamente, ramificando-se em atmosferas rarefeitas.

Novembro de 1934

A propósito de alguns poemas
ainda não escritos

Um fato digno de nota: depois de um certo silêncio, nos propomos a escrever não *um* poema, mas *poemas*. Considera-se a página futura uma exploração arriscada do que a partir de amanhã poderemos fazer. Palavras, formas, situações e ritmos nos prometem a partir de amanhã um campo mais vasto do que a obra específica que escreveremos.

Se esta abertura para o futuro não tivesse um horizonte, ou seja, se ela coincidisse com *todo* o nosso futuro possível, então seria normal o desejo de simplesmente sobreviver e trabalhar longamente, e fim de papo. Mas acontece que nela está implícita uma certa dimensão ou duração espiritual, e, conquanto seus limites não sejam visíveis, eles estão presentes na própria lógica interna da novidade que estamos prestes a criar. O poema que estamos a ponto de escrever abrirá portas à nossa capacidade de criar, e nós passaremos por essas portas — faremos outros poemas — e exploraremos o campo até esgotá-lo. Isto é o essencial. A limitação, ou melhor, a dimensão do novo domínio. O poema que faremos amanhã nos abrirá algumas portas, mas não todas possíveis: virá o momento em que faremos poemas cansados, vazios de promessas, aqueles que justamente marcarão o fim da aventura. Mas, se a aventura tem um princípio e um fim, quer dizer que os poemas feitos em seu bojo formam um bloco e constituem o temido cancioneiro-poema.

Não é fácil se dar conta do instante em que essa aventura termina, visto que os poemas cansados, ou poemas-conclusão, são talvez os mais belos do maço, e o tédio que acompanha a sua composição não difere muito daquele que abre um novo horizonte. Por exemplo, "Semplicità" e "Lo steddazzu" (inverno de 1935-6) foram compostos com um indescritível tédio e talvez mesmo para fugir ao tédio, mas de modo tão hábil e alusivo que, mais tarde, ao relê-los, eles lhe pareceram cheios de futuro. O critério psicológico do tédio não é, pois, suficiente para assinalar a passagem a um novo grupo, dado que a insatisfação e o tédio são a mola primeira de qualquer descoberta poética, pequena ou grande.

Mais confiável é o critério da *intenção*. Por isso nossos poemas podem ser definidos como cansados e conclusivos ou iniciais e ricos de desdobramentos, de acordo com o ponto de vista que adotemos para julgá-los. Evidentemente esse critério não é arbitrário, já que nunca nos ocorrerá decretar por capricho qual é a força de um poema, mas escolheremos para fazê-los frutificar não só os que, no momento da composição, nos pareceram promessas de futuro (o que seria bem raro, por causa do referido tédio), mas também os que, repensados depois de feitos, nos oferecem esperanças concretas de ulteriores composições. Isso quer dizer que a unidade de um grupo de poemas não é um conceito abstrato, pressuposto à redação, mas uma circulação orgânica de nexos e de significados que aos poucos vão sendo concretamente determinados. Além disso há o fato de que, composto todo o grupo, a sua unidade ainda não será evidente e você terá de descobri-la eviscerando cada poema, retocando-lhe a ordem, entendendo-o melhor. Ao passo que a unidade material de uma narrativa se faz, por assim dizer, por si mesma, pois é um objeto naturalista devido ao próprio mecanismo da narração.

Enquanto isso você excluiu que a construção do novo grupo possa ser um desígnio autobiográfico, que seria narração no sentido naturalista.

Agora você deve decidir se certos poemas soltos (não incluídos no primeiro *Lavorare stanca*) são a conclusão de um velho grupo ou o início de um outro. Que, ao compô-los, você tivesse a intenção de superar *Lavorare stanca* parece claro ao menos pelo fato de que, naquela altura (inverno de 1935), o livro já estava na tipografia. O inverno de 35-6 assinalou a crise de todo um otimismo baseado em velhos hábitos e marcou o início de novas meditações sobre o seu ofício, que foram expressas em um diário e aos poucos se ampliaram a um aprofundamento prosaico da vida inteira, induzindo-o através de preocupações sucessivas (1937-9) a tentar novelas e romances. De tempos em tempos escrevia um poema — no inverno de 1937-8 você produziu vários, sob o influxo de um retorno material às condições de 1934, o ano de *Lavorare stanca* —, mas estava cada vez mais convencido de que o seu campo atual era a prosa, e os poemas eram um *afterglow*. Depois, 1939 não viu mais nenhum. Agora que, no início de 1940, você voltou à poesia, se pergunta se essas novas composições entram em *Lavorare stanca* ou pressagiam o futuro.

O fato é que, retomando o livro e remanejando-lhe a ordem para incluir nele alguns poemas censurados em 1935, os novos encontraram facilmente o seu lugar e parecem compor um todo. Portanto a questão está praticamente resolvida, mas resta o fato de que a *intenção* dos poemas adicionais o faziam claramente esperar um novo cancioneiro.

Vejamos. Esses poemas dispersos juntam-se em dois pequenos grupos, inclusive cronológicos. Inverno de 1935-6, término do confinamento: "Mito", "Semplicità", "Lo steddazzu"; inverno de 1937-8, a raiva sexual: "La vecchia ubriaca", "La voce", "La puttana contadina", "La moglie del barcaiolo".
É claro que esses dois momentos já estão contidos em *Lavorare stanca*, o primeiro conjunto ligando-se a "Terre bruciate" e "Poggio Reale", e o segundo, a "Maternità" e "La cena triste". A grande questão é saber se algo no seu tom justifica a intenção de incluí-los em um futuro cancioneiro, como você certamente esperava ao escrevê-los.

Parece que não. A novidade de "Lo steddazzu" era só aparente. O mar, a montanha, a estrela e o homem só são elementos ou imagens que já se encontram em "Ulisse", em "Gente spaesata", em "Mania di solitudine". Nem o ritmo da imaginação é diferente ou mesmo mais rico que no passado. Não se sai da figura humana, vista em seus gestos essenciais e narrada por meio deles. Você pode dizer o mesmo dos retratos de mulher no segundo grupo ("La vecchia ubriaca" e "La moglie del barcaiolo"), que, afora a novidade totalmente exterior do sonho, repetem a apresentação figurativa de "Ulisse" e de "Donne appassionate", por meio do recurso à imagem interna (um detalhe do quadro, utilizado como termo de comparação na narrativa), e não de um nebuloso ideal de imagem-narrativa proposto já em 1934. Quanto à sobriedade de traços ou de "La moglie del barcaiolo", estamos ainda em "Deola".

* * *

Para dizer a verdade, nestes últimos anos a intenção construtiva se exprimiu menos nos novos poemas do que nas meditações do diário, que os acompanharam e por fim os sufocaram (1937-9). E, como só a consciência crítica conclui um ciclo poético, essa contínua insistência de notas de prosa sobre os problemas dos seus versos é a prova de que uma crise de renovação estava em andamento. Digamos então que, se você chegou com esforço a definir insensivelmente *Lavorare stanca*, tanto que ultimamente o retomou e remanejou, descobrindo nele uma construção (o que lhe parecia absurdo em 1934), você mirava mais longe. Examinando a poética dos grupos adicionais e achando-a coerente com o resto de *Lavorare stanca*, você manifestava a veleidade de uma nova poética e delineava a sua direção. Qual é, pois, a mola dessas repetidas e fragmentárias pesquisas em prosa que você exercitou durante três anos?

Uma vez definido *Lavorare stanca* como a aventura do adolescente que, orgulhoso do seu campo, imagina que a cidade é semelhante, mas nela encontra a solidão e tenta remediá-la com o sexo e a paixão que servem apenas para desenraizá-lo e lançar para longe do campo e da cidade, numa mais trágica solidão que é o fim da adolescência, você descobriu neste cancioneiro uma coerência formal que e a evocação de figuras totalmente solitárias, mas vivas no plano imagético, porque soldadas ao seu pequeno mundo por meio da *imagem interna*. (Exemplo: na última "Paesaggio" de neblina, o ar embebeda, o mendigo o respira como respira a grapa, o rapaz bebe a manhã. Aí está toda a vida imagética de *Lavorare stanca*.)

Ora, tanto a aventura vivida quanta a sua técnica evocativa se dissolveram nesses quatro anos. A primeira concluiu-se com a aceitação prática e a justificativa da solidão viril, a segunda, com a reiterada exigência e algumas toscas tentativas de novos ritmos e novas figurações. Como era lógico, a sua crítica concentrou-se sobretudo no conceito de imagem. A ambiciosa definição de 1934, de que a imagem seria em si mesma o tema da narrativa, mostrou-se falsa ou pelo menos prematura. Até agora você havia evocado figuras reais enraizando-as em seu campo por meio de analogias internas, mas essa analogia nunca foi ela mesma o tema da narrativa, pela simples razão de que o tema era uma personagem ou uma paisagem entendidas naturalisticamente. Afinal não foi por acaso que você só pôde entrever a possível unidade de *Lavorare stanca* sob a forma de uma aventura naturalista. A cada cancioneiro, o seu poema.

Seja dito claramente: a sua aventura de amanhã deve ter outras razões.

Esse novo cancioneiro terá em si a sua luz quando estiver pronto, ou seja, quando você tiver de negá-lo. Mas duas premissas resultam do que foi dito até aqui:

sua construção será análoga à de cada composição poética;
não será redutível a uma narrativa naturalista.

O que é gratuito nesses dois pontos — a exigência de um poema não redutível a uma narrativa — será no entanto o fermento de amanhã. Só o elemento arbitrário, pré-crítico, pode como tal estimular a criação. Esta é uma intenção, uma premissa irracional, que será justificada apenas pela obra. Quatro anos de veleidades e de introspecção lhe impõem essa atitude, assim como em 1931-2 uma voz lhe impunha *narrar* em versos.

É lógico que diante desta exigência desapareça aquela, inconclusiva, de saber o que dirá a nova poesia. Ela mesma o dirá e, quando o tiver dito, será coisa do passado, como agora *Lavorare stanca*. É certo que também desta vez o problema da imagem estará em primeiro plano. Mas não se tratará de *narrar imagens* — uma fórmula vazia, como se viu —, porque nada pode distinguir palavras que evocam uma imagem das que evocam um objeto. Será questão de descrever — não importa se direta ou imaginosamente — uma realidade não naturalista, mas simbólica. Nesses poemas, os fatos devem acontecer — se acontecerem — não porque assim o quis a realidade, mas porque assim o decidiu a inteligência. Poemas singulares e cancioneiro não serão uma autobiografia, mas um juízo. Como ocorre em suma na *Divina comédia* (era preciso chegar a ela), mas percebendo que o símbolo criado por você deverá corresponder não à alegoria, mas à imagem dantesca.

Será inútil pensar no cancioneiro. Como se viu em *Lavorare stanca*, bastará de vez em quando absorver-se em cada poema e, nele, superar o passado. Se o primeiro dos dois postulados for verdadeiro, bastará fazer um único poema novo — que talvez já esteja feito — e todo o cancioneiro-poema estará assegurado. Não só, mas, escrito um verso, tudo estará implícito nele. Virá um dia em que um olhar tranquilo conferirá ordem e unidade ao laborioso caos que começa amanhã.

Fevereiro de 1940

Agradecimentos do tradutor

Este estudo e tradução de *Trabalhar cansa* tiveram origem em *"Lavorare stanca*: o projeto impossível de Cesare Pavese", tese de doutorado apresentada à Universidade de São Paulo, em 2002.

O autor agradece aos colegas Andrea Lombardi, Ettore Finazzi-Agrò, Homero Freitas de Andrade, Lucia Wataghin, Ronaldo Lima Lins e, especialmente, a Aurora Fornoni Bernardini, que desde sempre acolheu e incentivou este trabalho com grande generosidade.

Índice de primeiros versos

A campina é uma terra de verdes mistérios 97
A colina aqui em cima não é cultivada. Há apenas uns freixos 91
A colina é noturna no claro céu. 135
A colina se estende e uma chuva a encharca em silêncio. 167
A janela entreaberta contém um rosto 131
A janela que mira a calçada se afunda 215
A mulher a seu tempo era feita de carne 249
Al di là delle gialle colline c'è il mare, 108
Anche noi ci fermiamo a sentire la notte 252
As barcaças afluem a custo, pesadas e lentas, 235
As garotas vão todas para a água, ao crepúsculo, 143
As lembranças começam ao fim da tarde 281
As manhãs se consomem desertas e claras 219
As paredes da frente que encobrem o pátio 155
Assustado com o mundo chegou-me uma idade 87
Até a velha aprecia espichar-se no sol 277
Basta um pouco de dia nos olhos claros 141
Basta un poco di giorno negli occhi chiari 140
Bem debaixo da pérgula, após o jantar. 157
C'è un giardino chiaro, fra mura basse, 132
Cada dia o silêncio do quarto isolado 267
Cada noite é uma libertação. Os reflexos do asfalto 163
Caminhamos à tarde na encosta de um monte, 79
Camminiamo una sera sul fianco di un colle, 78
Certas vezes, no tépido sono da aurora, 273

Certo il giorno non trema, a guardarlo. E le case 196
Coi canneti è scomparsa anche l'ombra. Già il sole, di sghembo, 180
Com os caniços a sombra se foi. De viés, o sol já 181
Como um leve jantar posto à clara janela. 125
Deola passa a manhã numa mesa de bar 159
Deola passa il mattino seduta al caffè 158
Derreado em um fosso o mecânico bêbado alegra-se. 231
É um gigante que passa movendo-se pouco, 223
È un gigante che passa volgendosi appena, 222
Entre a barba e o sol forte mantém-se ainda a cara, 117
Esse morto está torto e não olha as estrelas: 299
Estas duras colinas, que estão em meu corpo 123
Este é o dia em que sobe a neblina do rio 319
Este é um homem que teve três filhos: um corpo 269
Este é um velho frustrado por ter feito seu filho 201
Fala o jovem esguio que esteve em Turim. 147
Fala pouco o amigo, e esse pouco é estranho. 315
Fantasia da mulher que dança, e do velho 227
Fantasia della donna che balla, e del vecchio 226
Girarei pelas ruas até desabar de cansaço 137
Girerò per le strade finché non sarò stanca morta 136
Há dois homens que fumam nas margens. A mulher dá
[braçadas 261
Há um claro jardim entre muros baixos, 133
Homem só, com paisagem de mar sem sentido, 337
I barconi risalgono adagio, sospinti e pesanti: 234
I due uomini fumano a riva. La donna che nuota 260
I lavori cominciano all'alba. Ma noi cominciamo 204
I mattini trascorrono chiari e deserti 218
I ricordi cominciano nella sera 280
Il meccanico sbronzo è felice buttato in un fosso. 230

Il ragazzo respira piú fresco, nascosto 188

Insensíveis colinas que cobrem o céu 207

L'ubriaco si lascia alle spalle le case stupite. 210

L'uomo fermo ha davanti colline nel buio. 302

L'uomo solo — che è stato in prigione — ritorna in prigione 328

L'uomo solo rivede il ragazzo dal magro 128

L'uomo solo si leva che il mare è ancor buio 340

L'uomo vecchio, deluso di tutte le cose, 332

La campagna è un paese di verdi misteri 96

La collina biancheggia alle stelle, di terra scoperta; 100

La collina è distesa e la pioggia l'impregna in silenzio. 166

La collina è notturna, nel cielo chiaro. 134

La finestra che guarda il selciato sprofonda 214

La finestra socchiusa contiene un volto 130

La muraglia di fronte che accieca il cortile 154

Le colline insensibili che riempiono il cielo 206

Le ragazze al crepuscolo scendono in acqua, 142

Lo stridore del carro scuote la strada. 238

Lua tenra da aurora e geada nos campos 113

Luna tenera e brina sui campi nell'alba 112

Ma la notte ventosa, la limpida notte 118

Mangio un poco di cena alla chiara finestra. 124

Mas a noite de ventos, a límpida noite 119

Me levou pra escutar sua banda. Sentou-se num canto 289

Mi ha condotto a sentir la sua banda. Si siede in un angolo 288

Muito mar. Nossos olhos já viram bastante de mar. 95

Na planura do mar cai a chuva em silêncio. 151

Não há homem que possa imprimir uma marca 265

Non c'è uomo che giunga a lasciare una traccia 264

Non è piú coltivata quassú la collina. Ci sono le felci 90

Nós chegávamos cedo ao mercado de peixes, 311

Nós também nos detemos à escuta da noite 253
O ancião, noutros tempos, sentado na relva, 173
O chiar da carroça sacode as estradas. 239
O garoto respira mais fresco, escondido 189
O homem bêbado deixa pra trás construções espantadas. 211
O homem imóvel depara colinas no escuro. 303
O homem só — que já esteve em cadeia — retorna à cadeia 329
O homem só reencontra o rapaz de mirrado 129
O homem só se levanta que o mar inda é escuro 341
O homem velho e já sem esperança nas coisas, 333
O papai bebe à mesa envolvido por pérgulas verdes 185
O rapaz que sumiu de manhã não retorna. 285
Ogni giorno il silenzio della camera sola 266
Ogni notte è la liberazione. Si guarda i riflessi 162
Os trabalhos começam na aurora. Mas nós começamos 205
Papà beve al tavolo avvolto da pergole verdi 184
Para além das douradas colinas há o mar, 109
Parla il giovane smilzo che è stato a Torino. 146
Parla poco l'amico e quel poco è diverso. 314
Piace pure alla vecchia distendersi al sole 276
Piove senza rumore sul prato del mare. 150
Proprio sotto la pergola, mangiata la cena. 256
Può accadere ogni cosa nella bruna osteria, 104
Qualche volta nel tiepido sonno dell'alba, 272
Quel ragazzo scomparso al mattino, non torna. 284
Quel vecchione, una volta, seduto sull'erba, 172
Quello morto è stravolto e non guarda le stelle: 298
Quest'è il giorno che salgono le nebbie dal fiume 318
Questa donna una volta era fatta di carne 248
Queste dure colline che han fatto il mio corpo 122
Questo è un uomo che ha fatto tre figli: un gran corpo 268

Questo è un vecchio deluso, perché ha fatto suo figlio 200
Sarà un giorno tranquilo, di luce fredda 326
Se bem visto, o dia não treme. E as casas 197
Será um dia tranquilo, de luzes frias 327
Si passava sul presto al mercato dei pesci 310
Sob as árvores de uma estação muitas luzes se acendem. 177
Sobre a negra colina alvorece, e nos tetos 193
Sobre a terra despida, a colina branqueja às estrelas; 101
Sotto gli alberi della stazione si accendono i lumi. 176
Stupefatto del mondo mi giunse un'età 86
Sulla nera collina c'è l'alba e sui tetti 192
Tra la barba e il gran sole la faccia va ancora, 116
Traversare una strada per scappare di casa 242
Travessar uma rua fugindo de casa 243
Troppo mare. Ne abbiamo veduto abbastanza di mare. 94
Tudo pode ocorrer na taberna sombria, 105
Um rapaz costumava brincar nas pastagens 295
Uma estreita janela no céu sossegado 307
Un ragazzo veniva a giocare nei prati 294
Una breve finestra nel cielo tranquillo 306
Uomo solo dinanzi all'inutile mare, 336
Verrà il giorno che il giovane dio sarà un uomo, 322
Virá o dia em que o deus jovial será um homem, 323

ESTA OBRA FOI COMPOSTA POR ACOMTE EM MERIDIEN E IMPRESSA PELA GRÁFICA PAYM EM OFSETE SOBRE PAPEL PÓLEN SOFT DA SUZANO S.A. PARA A EDITORA SCHWARCZ EM FEVEREIRO DE 2022

A marca FSC® é a garantia de que a madeira utilizada na fabricação do papel deste livro provém de florestas que foram gerenciadas de maneira ambientalmente correta, socialmente justa e economicamente viável, além de outras fontes de origem controlada.